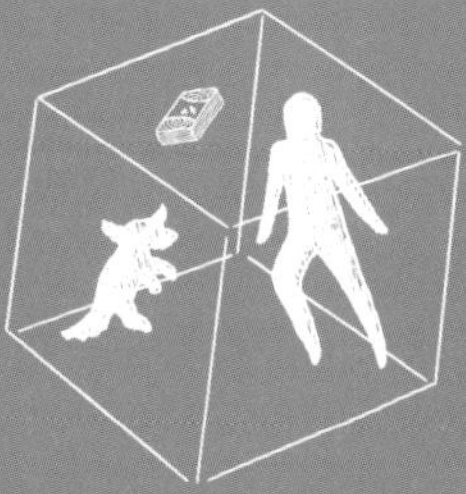

游朝凱（Charles Yu）首刷限定印刷簽名

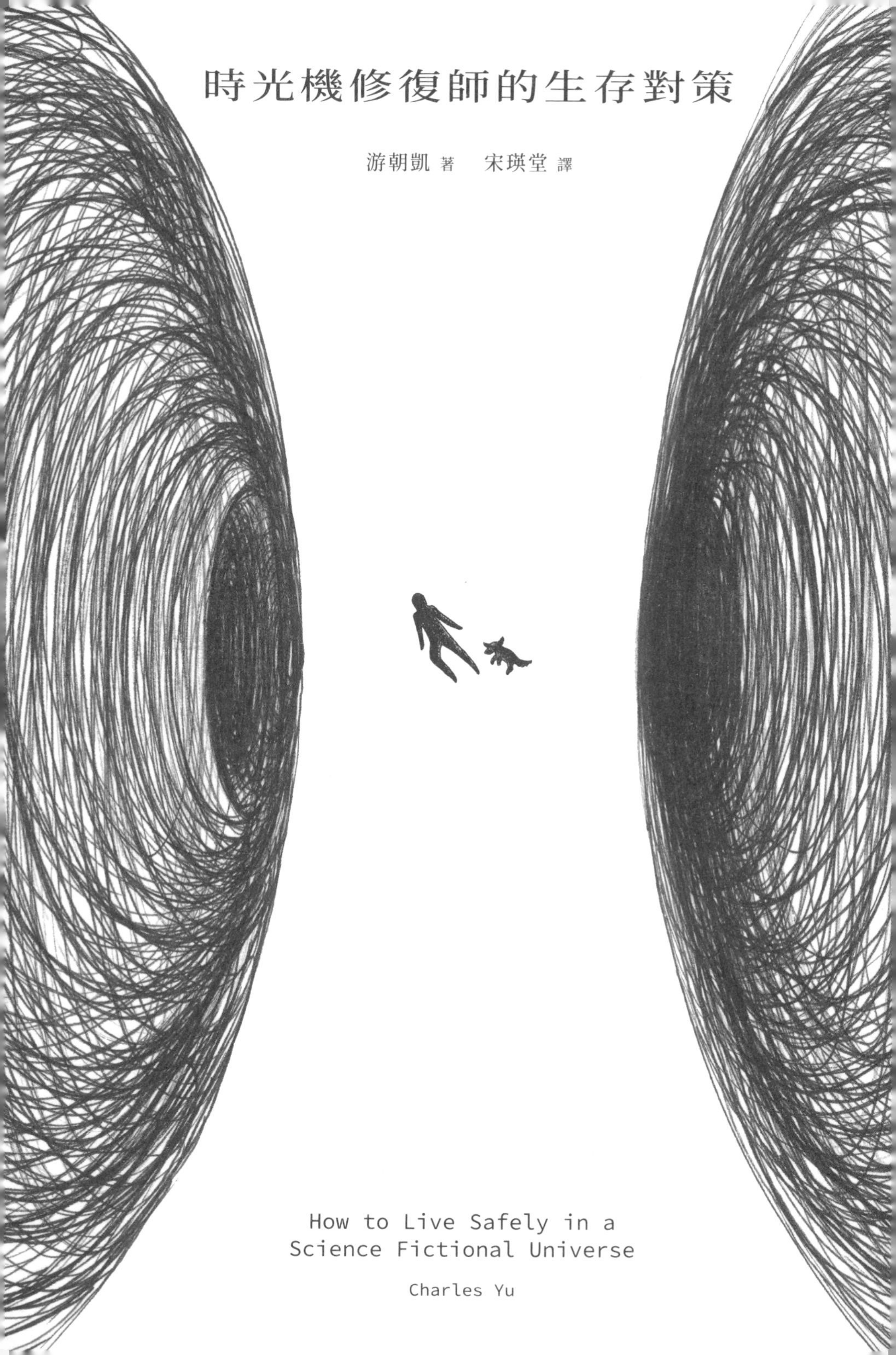

時光機修復師的生存對策

游朝凱 著　宋瑛堂 譯

How to Live Safely in a
Science Fictional Universe

Charles Yu

獻給值得一獻再獻的雙親。
也獻給Michelle，一如既往。

臺灣新版序

嗨，臺灣的讀者們好！

很榮幸為這本書——我的第一本小說——繁體中文新譯本撰寫序言。再次與新經典如此聰明、敬業的人們合作，並再度由才華洋溢的宋瑛堂先生翻譯我的作品，我感到至為感謝和幸運。

對我而言，小說有如由時間與空間這兩種無形材料構成的雕塑。第一步是拆解時空，將之打散重組。小說是一種時光機，也許是史上第一架時光機，流動於過去、現在和未來之間，帶領我們進入他人的意識。這部小說尤其如此，它講述一個移民家庭的時空之旅，講述消失在時空中的父親，以及兒子透過童年回憶尋父的故事。在許多面向上，這都極為私密、離奇又特殊。《時光機修復師的生存對策》最初能由美國備受尊敬的出版社出版，並找到讀者，對我來說真是難以置信。《時光機修復師的生存對策》原文版推出十四年後的今天，我又有機會在臺灣新版發行之際重溫這些愉快的回憶。這十多年以來，世界發生了很多事情，我的生活也經歷許多改變。我有幸大量創作電視電影劇本，並改編我自己的作品（例如二〇二四年下半年在美國Hulu和全球Disney+播映的《內景唐人街》影集版），並參與廣受好評的HBO劇集《西方極樂園》第一季編劇，這是我在好萊塢的第一份工作，也是最令我激動、收穫最多的歷練，一部分要歸功於這本書和我的其他作品。

這本小說不只幫助了我的職涯，多年下來也讓我有機會參與多次精采對話，無論是在讀者見面會或演講、當面或透過Skype、Zoom、在Twitter上還是e-mail，都收到讀者們熱切地與我分享讀後心得、個人的回憶與感受，他們在這本書裡找到的認同與共鳴，以及他們在書中小宇宙裡的旅行。

敬愛的讀者，感謝您登上這架時光機。希望您享受這趟旅程。

游朝凱
加州爾灣市

人類除了特定的感知外，從不真切意識到任何事物。人是各種不同感知的綜合體，而種種感知進行著神速接力，川流不息。

——大衛・休謨[1]

時光不會流動。其他的時光只是其他宇宙的特例。

——戴維・多伊奇[2]

我們的一切
時時刻刻
活在你我心中

——亞瑟・米勒[3]

1 譯註：David Hume，十八世紀蘇格蘭哲學史學家。
2 譯註：David Deutsch，1953-，英國牛津大學物理學家。
3 譯註：Arthur Miller，1915-2005，美國普立茲獎劇作家。

輸入以下個資：

＿＿＿＿歲（目前實歲）

＿＿＿＿歲（理想年齡）

＿＿＿＿歲（最近一次見父親時你的年齡）

演算中。

鎖定軌線。

時敘表

A序列 （時態論）	B序列 （泛時態論）
廚房裡的藍時鐘	爸
閉合時態曲線	卡氏座標平面
媽	來自虛空之書

（（間隙場域））

如何找到他？	他會重返時空嗎？
他畢生最美好的一天	盒子裡裝著什麼？

退出時光輪迴的唯一方式

附錄A

時光機修復師的生存對策

事情發生的時候，情況是這樣的：我射中我自己。

呃……不是我自己，被我射中的是未來的我。他走出時光機，自我介紹說是游朝凱，我又能怎樣？我射殺他，我扼殺我自己的未來。

α模組

第一章

這裡只夠一個人長住，至少操作手冊是這麼寫的。獨居於TM-31休閒時光載具中，使用者可無限期生存。

我不太確定這句的涵義。也許，這句根本無意義，那也無所謂，我覺得還好，因為這符合我一直在做的事：長住，期限不定。時態操作儀一直設定在「現在不定式」[4]，簡稱P-I檔，不曉得設定多久了——只知道已經有一陣子了。我偶爾仍接到勤務中心指派的差事，但最近任務好像變少了，因此在我在任務空窗期喜歡把排檔固定在P-I，差不多處於定速漫遊狀態。

牙齦痛，我很難專心。這機器裡面一定有某種內在的時間畸變效應，因為每次我在洗手臺前照鏡子，看到的竟是我父親的臉，我的長相融合成他。我漸漸能

4 譯註：Present-Indefinite，相當於現在簡單式，但indefinite另作「無限期」之解。

感受到他那神態底下的心境，尤其能感受他下班吃晚飯的疲態。他甚至沒吃完就點頭打瞌睡，眼前的一碗香濃排骨冬瓜湯逐秒冷卻，流失著——或放棄著微小的熱氣量子，任其揮發至浩瀚的宇宙均溫中。

TM-31基本款採用最先進的時敘科技：六汽缸時態排檔搭配四核物理引擎，具備一套應用時態語言學架構，可在算繪環境內——例如在故事空間中，尤其是在科幻宇宙裡——進行無定式航程。

或者，套一句我媽的說法：箱子一個。人坐進去，按幾個鈕，就能去其他地方，前進另一個時空。想回到往日，按這鍵；想前進未來，那桿子往上拉。一走出去，期盼世界已經換了樣貌，或至少，自己有所不同。

最近我不常出去，幸好我有一條狗作伴。他勉強算條狗啦，他是從科幻牛仔片裡追溯修訂[5]出來的。不就老哏嘛：出身卑微的主角養了一條忠實跟班狗，後來主角紅了，走路有風等等的，演到第二季的時候，主角嫌狗伴毛燥燥的，而且是條雜種狗，不願再跟他同框。結果，小汪被塞進垃圾艙送走。

我撿到他的時候，他險些被吸進黑洞了。他的臉近似軟趴趴的黏土，臀腿毛被自己咬禿了幾處。他一見到我，簡直樂上天了，史上大概沒人見到什麼能快樂到他那種程度。他舔我的臉，我當場心軟。我問他想取什麼名字，他不回應，所以我叫他艾德。

在這裡頭，艾德的氣味滿重的，但我不在乎。他很乖，常睡覺，有時舔腳爪取悅他自己。不需要飲食。我敢說，他甚至不清楚他自己其實不存在。艾德只是本體論裡的一個怪東西，能一嘴舔出無條件忠愛飼主的赤誠。愛過度了。浮冗。他大概違反了某種守恆定律吧，能憑空舔出這麼多狗唾液，除了唾液還有真情吧，我猜。出自一條喪家虛無犬的心。

由於我服務於時光旅行業，大家都以為我一定是科學達人。大致上沒錯。我本來念應用科幻學碩士班，想追隨父親進入結構工程那一行，不料後來他和我媽感情失和，失蹤了，我只好改走務實路線，後來狀況雪上加霜，碰巧有這工作機會，我摸摸鼻子就接了。

現在，我以修理時光機維生。

---

5 譯註：Retcon，「追溯連貫性」（Retroactive Continuity）的縮寫，例如某角色死後在續集重生的自圓其說。

更明確的職銜是持有證照的網路技師，擅長修復T級自用「時法式」[6]載具，也是時代華納時光公司核可的約聘人員。該公司擁有並經營這宇宙，設定這座時空為娛樂中心，提供零售、經商、住居。這份工作一般而言很閒，但目前我不太喜歡，因為我的時態操作儀好像快故障了。

現正故障中。也許還不會。也許是今天早上吧。有可能是昨天。也許老早就故障了。或許癥結就在於：如果壞掉了，排檔錯亂變來變去，那我哪能查清事發的時間？說不定，操作儀是被我搞壞了，是我想欺騙自己，自以為能照這樣生活下去，自以為能永生住這裡，遠離塵囂。

紅色指示燈剛亮了。我正在看「運行時錯誤」報告。專業術語寫一堆，意思相當於：老兄，別亂來。指的是人生吧，我猜。這等於是電腦在說：朋友啊，被你捅出一個大婁子了啦。我知道啦，我比任何人都懂，用不著一組介面有點神經質的晶片來告訴我。

附帶說明一下，我指的是檀美。TM-31的電腦使用者介面設有兩種人物外觀：提姆或檀美，只准使用者在啟用時擇一而定，不得更改。

我不打算騙人，我看上的是女的那個介面，檀美的像素配置凹凸有致，是不是有點養眼？是的。她有沒有棕栗色秀髮？馬賽克圖形的古板鏡框裡有沒有一雙深褐色明眸？有沒有一副近似動畫公主的甜嗓？以上皆有。我置身這箱子這麼久了，有沒有對著某某人的截圖做過某事？這我拒答。我只願透露，人到了某一階段會失去難為情的能力。我還沒到那階段，不過也快了。我的外觀嘛，頭髮薄到不容小覷的程度，身高體重四捨五入，分別是一百七十五公分和八十四公斤，前者「入」，後者「捨」，後者多半不只。就算我是為了迴避歷史而躲進這裡，我也躲不過生物學，躲不過地心引力。所以，對啦，我一開機就相中了檀美。

想知道她對我講的第一句話嗎？輸入密碼。沒錯，劈頭就講這句。第二句她說什麼呢？我缺乏對你說謊的能力。第三句是抱歉。

「有什麼好道歉的？」我說。

---

6 譯註：作者混合時間+文法的自創詞。

「我不是一套很高明的電腦程式。」

我告訴她，我從沒遇過一套自視甚低的軟體。

「不過，我會盡量努力的，」她說：「我真的想好好為你執行任務。」

檀美總是唯恐天下就快大亂，老是告訴我狀況能糟到什麼地步。所以，跟我的期望差滿多的。我後不後悔？有時當然會。重新來過的話，會再選檀美嗎？當然會。你期待我說什麼呢？我的生活空虛寂寞，她心地善良，能放縱我跟她打情罵俏。我對我的作業系統有好感，就是這樣，我實話實說了。

我至今未婚，從沒結過婚。我從未娶到的女人名叫瑪莉，嚴格說來她並不存在，就和艾德一樣。

只不過，她確實存在。你或許認為我在耍似非而是的悖論把戲，不過說真的，「我從未娶到的女人」是一個禁得起驗證的本體論個體，或同一級的眾多個體。我猜嚴格說來，你可以強調：**所有**女人全是「我從未娶到的女人」，不如就用「瑪莉」代稱吧，我是這麼想的。

我和她從未邂逅的經過如下：

入春後，有一天風和日麗，瑪莉走進鎮中心的公園，附近有一所國中，還有間糕餅店改裝的家具庫房。我的假設是，像她這樣的女子，一生中某個階段必定做過這一類的事。瑪莉從她住過或沒住過的房子出發，帶著午餐和一本平裝書，散步八百公尺來到公園，坐上老舊的木製長椅，翻開書閱讀，秀氣嚼食著三明治，空氣是暖呼呼的糖漿，飽含花粉和蒲公英傘籽，也含有以光速運行的光子。過了一小時，再過一小時。我從未踏進公園，穿著我未曾擁有過的唯一一套西裝，西裝的側口袋有個沒人看穿的破洞。那一天，我從未注意到她，從沒看到她仰望尤加利樹梢，沒看到她以拇指撫弄著舊書頁角，書本攤在她大腿上，書頁朝天。在我不慎被自己的腳絆倒之際，我不曾吸引到她的目光，不曾在那一天逗得她笑呵呵。我從未請教芳名，她從未自我介紹是瑪莉。一星期過去，我不曾打電話給她；一年過去，我們未曾結婚，不曾踏進小山上的那座雪白小教堂，從這座山上可俯瞰我們結緣的那座公園。那天下午，我們同坐一張長椅，客氣地問東問西，盡量不要注視對方太久，卻同時憧憬著我們無緣共度的完美人生——甚至是無緣失去過的人生，本可在那一刻起步但始終裹足不前的人生。

一覺醒來，我聽見檀美在哭。

我問她：「妳連哭也會啊？」但願我不是這麼粗線條就好了，我只是不明白，設計師為什麼把憂鬱性情寫進程式裡。「拜託，妳是照哪一條程式學哭的啊？」

她一聽，哭得更凶了，哭到一把鼻涕一把淚，像幼兒似的邊哽咽邊喘氣，口齒不清。這不合理吧，因為檀美沒有嘴巴，沒聲帶，沒肺臟。一般來說，我自認能將心比心，但不知怎麼的，見別人哭，我總會有這樣的反應。我看不下去，通常來說只會愈看愈煩，所以最初的反應是生氣，隨後當然察覺自己竟是一頭無情怪獸，心頭隨即泛起一股歉疚感，啊，歉疚感。我覺得好愧疚，覺得自己是個壞人。我是個壞人。我是一袋裝滿歉疚感的沙包，重八十四公斤。

我也可能不是壞人。可能只是，我不是一個我志願成為的人——扯什麼啊。也許，這是亂搞時態操作儀的惡果，連話都講得狗屁不通。

我是可以關心檀美，問她在哭什麼，但這效果趨近零。我母親也會這樣，液態情緒盈灌體內，滿到最高點，嘩啦沖刷著，容積沉重，隨時可能傾瀉到外界。

我安慰檀美，不要緊啦。她說，什麼事不要緊？我說，不就是惹妳哭的那件事嘛。她說她哭的原因正是一切都安好，世界末日還沒到。她說，正因為一切都安好，我們才無從互訴真正的感受；好到可以閒閒坐著，繼續安好；好到我們忘記自己來日不長，這宇宙裡的時辰已晚，將來一定有亂象等著發生。

夜裡，我有時為檀美擔心，擔心她會厭倦這一切。六十六兆赫一直跑，跑累了。日復一日，分分秒秒，處理週期周而復始，厭煩了。我擔心，在處理週期進行中，她會乾脆自行終止副程式，來個軟體自殺。果真如此，我只好寫一份錯誤報告給微軟公司。從何解釋起呢？我哪知道。

我朋友不多，檀美算是吧。她的靈魂即程式，有固定一套指令。你可能以為，跟這種人交往一陣子之後會覺得無聊，我倒不會。檀美的人工智慧高強，真的很厲害，她的智商比我高很多，勝過我好幾次方。我認識她這麼久了，她從未對我講過同一句話，多數真人朋友都辦不到這一點。此外，我還有艾德供我撫弄取暖用。聽起來或許噁心，但其實還好。

能陪伴我的有意識事物差不多就這兩個。我不怕孤寂。時光機修復界的從業員當中，很多人暗地裡想寫小說。也有些人剛分手，剛離婚，私生活裡遭逢什麼悲劇。我呢？我只喜歡安靜。

話雖這麼說，日子有時過得滿寂寞的。這份工作的好處之一是，我可以在時光機裡自用迷你蟲洞生成器，前提是我在時空裡產生的任何畸變一定要能百分百逆轉。生成器被我稍微改裝過，能撬開小得不能再小的時間量子窗，能鑽進別的宇宙，能窺探我的分身。我見過三十九個版本的自己，其中三十五個像是徹頭徹尾的爛人。我想我已經漸漸接受箇中大概有的含意了，如果自己的分身有百分之八十九．七是爛人，本尊極可能也不是什麼親善大使。最慘的是，那些版本的我，日子倒是混得不錯，比我好太多了。只不過，比我好太多的人生其實也沒好到哪裡去。

有時候，我刷牙照鏡子，總覺得鏡中人顯得有點失意。兩、三年前我領悟到，我不只做事稱不上手法嫻熟，就連做自己我都不太拿手。

摘自《時光機修復師的生存對策》

未完成式

興建過程中，小宇宙31有少許損害，因此，物業主的建商－開發業者放棄了原始規劃。

截至目前為止，施工已停擺，物理方面僅安裝了百分之九十三，因此旅客可能會時不時遇到一點意料之外的狀況，但旅客多半可用量子廣義相對論製成的市售因果處理器應付。

小宇宙31工程團隊留下的科技雖然未全部完成，卻屬上乘之作，但同一形容詞不適用於當地人類，因為似乎給居民留下了一種揮之不去的殘缺感。

第二章

螢幕跳出：客戶來電。

L．天行者

我的第一個念頭是：喔，不得了，哇，但我進入後發現，不是那位女衫男穿、腳套著軟長靴、擅長揮舞光學兵器的大人物。來電者是他的兒子，萊納斯。

這時空是一顆外形相當標準款的冰封行星，設定在十九或二十年前，遠方有幾棟茅屋，這地方冷到放眼全是藍色，一呼吸就痛，甚至連空氣都凍成藍色。

我墜落在一座小山的北坡，海拔約一百八十公尺。時光機停妥後，我打開艙門，聆聽液壓式艙門開啟的嘶嘶嘶。我愛聽這聲響。

我帶著工具包往上跋涉，目標是一顆冰凍的凸岩。我停下來喘一口氣之際，瞄到一小縷煙徐徐升空，出處是萊納斯租用的時光機的側板。我掀開這側板，看見他的波函數塌縮機裡有一小團火。

我取出夾紙板，用指關節敲一敲艙門。我不認識萊納斯．天行者，但從同業技師那裡聽說過他的來歷，所以有些心理準備。

出乎我意料的是，萊納斯是個小毛頭。他打開艙門爬出來，撩走眼前的髮絲；頂多九歲大。我問他，機器故障時他正在做什麼。他嘟噥說，講了你也不懂。我說，考我一下吧。他低頭看著腳上的反重力靴，尺寸看似大他兩號。接著他盯著我，表情像在說，我才讀小四，你以為我想幹嘛？

「老弟，」我說：「人不能改變過去，你知道吧？」

他說，不然發明時光機有屁用。

「不是用來衝去你爸童年的時空宰了他。」

他閉上眼，頭向後仰，以鼻孔出氣，姿勢超戲劇化。

「老兄，你不懂啦。有個宇宙救星爸爸多倒楣啊，你哪懂。」

我勸他，總不能讓身世主宰一生吧。我告訴他，人總可以重新起步。

「可以先改姓再說。」我說。

他睜開眼，以九歲小孩的嚴肅神態看著我說，也可以啦。但我看得出他在敷衍。他受困在「暗黑父與迷途兒」的銀河英雄征途套路中，無計可施。

很多時候，時光機根本沒故障。我只需要向客戶概略解釋諾維科夫自洽性原則（the basics of Novikovian self-consistency）。可惜沒人想聽，大家都不想聽見自己千辛萬苦竟落得一場空。對有些人而言，租用時光機的目的只有一個，就是返回過去，把破碎的人生修補一番。

另外有些人坐進時光機時緊張兮兮，猛冒冷汗，什麼也不敢碰，因為他們深怕改變歷史會釀成連鎖效應。他們說，天啊，要是我真的回到過去，碰巧有隻蝴蝶翅膀亂拍一下，那怎麼辦？怕這怕那的，怕世界大戰，怕演變成自己從來沒出生之類的，總之就是怕。

我會這麼對他們說：我報一個好消息和壞消息給你。

好消息是，你不必擔心，你無法改變過去。

壞消息是，你不必擔心，無論你再怎麼努力，你也無法改變過去。

宇宙運作根本由不得你亂來，人類的角色還沒重要到那種層次。沒人是天大的要角，甚至在個人生活圈裡也沒那麼重要。在時敘式操作方面，人還不夠力，意志力還不夠堅強，技巧尚未到位，無法在一不小心的情況下改變任何事物的方向，連自己也改不了。在「可能性」空間裡遊走是一件麻煩的事。以技巧而言，有練就有進步，但進步也不是無限度。說穿了，高手練再久也永不可能駕輕就熟，因為箇中因素太多，變數太多了。時光並非一條井然有序的溪流，時光並非一座平靜的湖泊，不能記載人類產生的漣漪。時光是黏稠的。時光是一股浩蕩的潮流，是能夠自癒的物質，這表示，幾乎一切都終將流失。無論我們再怎麼游，再怎麼掙扎，手再怎麼揮舞，人畢竟太渺小，太無關緊要。時光是一座惰性元素構成的汪洋，淹沒微小的波動，吸納那些潑濺、翻騰、泡沫和沖擊，人在水面划水拍水，嚇歪了，確實會在表面激起幾滴水花，沒錯，可惜深水處絲毫無感，人仍會被幾公里以下的強力暗潮沖走，隨波逐流。

我想對客戶解釋這一切，但沒人聽得進去。我不怪他們，更何況，他們聽得進去可能更糟。畢竟，我之所以有工作可做，靠的正是這樣的人性。白天，（對我而言，「白天」的定義不詳——我甚至已經沒概念了）我修理時光機，晚上我自個兒睡覺，睡在一個安靜無名無年月無日期的日子裡。這日子是我在一條隱藏式的時空死巷裡找到的。這幾年來，我夜夜獨眠，睡在同一個小小的時空裡。我找不到一段比這更平淡的時光。每一晚都發生同樣的事，夜復一夜。全然死寂，徹底虛空，所以我才選擇這段時光。睡在這裡，我確定自己不會遇到壞事。

第三章

我對父親最早的印象是他坐我床上，讀書給我聽。書是從附近圖書館借來的。那時我三歲，書裡講什麼故事，我忘記了，連書名都不記得。他當時穿什麼，我的房間是不是亂七八糟，我也沒印象。只記得我縮在他右臂和胸懷之間，檯燈揮灑著柔和的黃光，照亮他的下巴下側和頸部，布製的檯燈罩是淡藍色，交織著小機器人和小太空船的圖案。

我記得以下五點：一、他為我開創的這小塊空間。二、這空間很夠用。三、他的嗓音。四、小太空船透光，布料表面的每個針孔既是小洞，也是源頭，是一個個的小點，是一份虛無，更是每艘太空船的星際導航座標。五、床鋪感覺像一艘小太空船。

有些人租用時光機。

他們以為自己可以改變過去。

一回到過去，他們才發現因果效應與他們認知不同，結果進退不得，卡在一個不是原本想去的時空，或卡在自己原本想去的時空，或卡在自己本來就不該硬闖的時空。他們會闖禍，惹出邏輯上或形而上的種種麻煩。

就在這關頭，我來了。我去解救他們。

我告訴他們：我有個飯碗，我的飯碗是鐵做的。

我為人修理ＴＭ-31量子相位失調引擎的冷卻器，所以我有飯吃。

然而，我之所以有個鐵飯碗，是因為人們不懂得快樂之道。他們有時光機可開，照樣快樂不起來。我有鐵飯碗，說穿了是因為客戶總想重溫人生最慘痛的一刻，總想反覆重溫，而且願意撒錢自討苦吃。

以我父親舉例好了。早在幾乎沒人構思出一套具體概念的前幾年，我父親就發明了一架成敗兼具的時光機始祖，率先釐清時光機的基本算式、參數、以及穿越時空的各種標準情境中的人生限制，比他更早的沒幾人。他可以說是天賦過人，也可以說是注定遭天妒，看你怎麼認定。在時光方面，他有一份獨到的直覺，具備時間感應力，能從內心深處感受時間，但他仍竭盡畢生尋求如何盡可能降低耗損值、熵、邏輯上不可能發生的事物，試圖推算因果微積分。他仍耗了將近四十年勸自己認命，要自己接受人生路只能走一次的爛定律，要自己接受**限一次**這概念多麼棘手難纏，想盡量降伏這概念，想把這概念化為方程式，把一**次性**這滑溜溜的概念獨立出來，以變數來看待。

多年下來，他浪擲他的人生，浪擲我的成長、他的婚姻生活，年復一年又一年，他窩在車庫裡，肉體和我們母子相近，心靈卻遙不可及，只在時空上靠近我們，在車庫最裡面那道牆上的工具架旁的黑板上計算著。我父親打造了一架時光機，然後窮盡畢生心血，想利用時光機去爭取更多時光。和妻小生活的過程中，他時時刻刻但願能爭取更多時光，只求能爭取更多時光。

他可能到現在還在巴望吧，我猜。我已有數年沒見過他了。「數年」到底是幾年，可惜我抓不到確切數目。其實，我是不願意，我不願寫出確切的年數。總之是數年，總計是某個數字。我住在TM-31裡，排檔設定在P-I檔太久，以至於「久」到底有多久，可說是一道科幻數學習題。

對啦，我是可以用偏微分方程式計算累積「可能性耗損」有多少，或計算「父子時光浪擲量」，但算得出來又能怎樣？數字能用來形容什麼嗎？當然能，但用數字形容東形容西，又不能挽回什麼。那數字無法呼應我母親的感受。她一路走到盡頭，心境停止更新，整個人沉浸在舊情裡，反覆玩味不停。我是能計算出一個答案，但算出數字也無法量化失落年代的心境。所以嘛，「現在不定式」檔的日子讓我活得快樂，凡事不用太明確。我知道我所知的部分。我知道我已經尋父一段時間了，花了大半輩子想釐清他的時光歷程線，想把他找回家。我不知道的是，他為何想讓自己的世界線和我們脫鉤。我不知道的是，一旦我們行抵各人世界線的盡頭，一旦我們走到最後三條線互相交纏，那對我們一家三口的意義何在？現在他單獨一個人嗎？在他的時空，他比較快樂嗎？每晚入睡前，他會不會想念我們？

* * *

從事我們這一行可學到不少東西。

例如：萬一看見自己走出時光機，趕快落跑，逃得愈快愈好，不准停，別想開口，這些舉動保證沒有好結果。這是頭號守則，受訓第一天就被灌輸這觀念。

最好也從這觀念培養制約反應，別自作聰明，別想搞花招。看見分身衝過來，別動腦筋，別開口，什麼也別做，先逃再說。

奉行頭號守則的不二法門是力行第二守則。第二守則其實不算定律，是科幻理論家長年信以為真的一套說法，至今尚未以科學方法驗證：「申－高山－振本（Shen-Takayama-Furimoto）排斥原理」，內涵大致是：在一般情況下，自動跳離現行本尊至少半階段的人不會在可控的故事場域裡遇到任何一時空的分身。簡言之是，如果你躲進這箱子裡，避不看艙窗外的景象，就能照自己意思活過中年，對自己一無所知。

想達成這境界的方式有幾種，有些方式已透過自我跳離術文獻探討過，但以我的經驗，我認為最簡易的方式是借重科技像我這樣過日子，別被自己的時間線綁死，別侷限走特定路線，別待在現有的時空。我父親是這手法的先驅，時代尖兵的父親再度領跑全球而不自知。

但結果是當前的處境，對我而言現今的情況可以說是：母親被鎖進波欽斯基[7]六百五十小時強化時空輪迴裡，由樂活建築業界的普朗克－惠勒[8]公司出品，中價位。該公司擅長提供小規模生活方案。這是科幻版的養護長照。我母親信佛教，以前相信藉著打坐冥想，就能救自己跳脫時光的牢籠，不再耽溺於顧影自憐。這套方案是她自己挑的。她從人生中精選出最理想的一小時，限定自己重複過著同一小時的生活，六十分鐘一到，再從頭來過，周而復始，喜歡過多久、重溫幾次都隨便她。

她挑的理想時光是週日晚餐，是她假想出來的一頓飯，而非真實往事。現在，她改住在一棟無電梯五層樓公寓的二樓，有一間臥房、一間全套衛浴、一間廁所，有客餐廳，有個狹小廚房，有一座封閉式小陽臺供她種植花草，偶爾搭配一、兩種時蔬。

650款的時空輪迴方案不賴，標準型功能應有盡有，住不慣可退住等等的。我想送她的是悠永800方案，輪迴擴增至一個半小時，能把行使自由意志的幻影變得更逼真，無奈這方案屬於至尊級，有點超出我的財力範圍。記得我帶媽去普朗克－惠勒公司的展示廳，記得我陪她坐在業務室，拿著保麗龍杯喝著淡如水的咖啡，看著型錄，彼此揣著心裡的想法不說，母子倆都佯裝對至尊級視而不見。

有時我去探望她，看著她開心煮晚餐，看她和她想像中的我交談。我當然可以喊停，可以按她門鈴。我猜她會來開門，開開心心的，像我頭一次按門鈴似的。她或許會在我臉頰親一下，把飯菜準備好，用全息投影術召喚我父親的3D影像，我負責擺餐具。我是可以按鈴，但我一次也沒有。在這方案裡，數據寫成的程式幻影能揣摩我的體態和個性，時刻陪伴著她，反正他大概比我孝順。

不想也知道這不太理想，但我猜她的心願大概是活在未完成的過去式裡，滯留在回歸與延拓的境界，在朦朦朧朧、如夢似幻的情景裡生活，好好過一個小時，享受一頓應有卻無緣享有的闔家晚餐，一整個鐘頭無盡重複著，總是進行著，卻固定在已進行過的模式中。她花光退休金，再預付十年的費用，做好了長遠的打算。之後呢？我不知道。

所以，沒錯，我母親住在波欽斯基輪迴裡，我父親失蹤了，而我過著箱中人生，蝸居在父親和我合作完成的箱子裡。我們聯手造箱，一個接一個。我的童年

---

7 譯註：Joseph Polchinski，1954-2018，美國理論物理學家。

8 譯註：作者結合兩大物理學家的姓自創的品牌名。Max Planck，1858-1947，德國理論物理學家。John Wheeler，1911-2008，美國理論物理學家。

是箱箱相連的童年。爸爸和我在車庫裡造箱。我們家車庫是個冷颼颼的大箱子，燈泡只一顆，發出刺眼的強光，由橙色塑膠殼保護著，父親在天花板裝個鉤子，掛上燈泡，一條延長線牽到車子上，纏繞車頭吉祥物，接上最遠那座牆的插座。這做法不盡理想，堪用就好。整套做法沒有一處稱得上理想，但我們父子無所謂。這間是我們自製的實驗室。我們計畫在這裡造物，父親想功成名就。

我們在箱子上素描，在箱子裡作畫，在方格紙上製圖，把世界細分成小框框。我們製作金屬箱，擺幾個盒子進去，在盒面上刻幾個2D小框框、線路、迴圈、設計圖，勾勒出時光旅行的一套語法。我們從語言、邏輯、句法規則畫出一個個小框框。包著我的這座箱子的始祖源於我們父子之手，原型做得粗糙，沒沒無聞的幕後工作。我們發明了幾項方程式，以哀傷為常數，脫離速度[9]似乎遙不可及。這些方程式含有很多詭異的變數，刻印在箱子上、父子身上、他的身上。他想打造一架無敵箱型時光機，用來穿越可能性空間，用來直達幸福快樂，直通他追求的境界。我們把自己困在箱子裡，鎖進箱子裡的盒子中，侷限在框框裡。

以上全都在我這箱子裡編碼。在這裡住夠久了，過慣了不受機率左右的生活，心會變得迷惘徬徨。無危險的生活，不必冒著誤入「現在」的風險。再怎麼說，我哪用得著現在？我覺得「現在」的重要性被誇大了。一直以來，「現在」對我沒啥好處。從來都沒有。

順時針生活是一種謊言。所以我再也不想過那種日子。順時或穿越，人生的意義都差不多。硬性照著日曆順序，日子一天天接著過，有時感覺像被牽著走。隨波逐流。尤其是在你見識過我看過的事物之後。

我認識的人當中，多數過著不斷前進的生活，卻在往前走的時候頻頻回頭望。

9 譯註：Escape velocities，作者以此詮釋逃避實境所需的最低速率。

摘自《時光機修復師的生存對策》

尺寸

小宇宙31之格局偏小，略小於均數。以宇宙規模觀之，其尺寸介於鞋盒與標準水族箱之間，容不下一場太空歌劇演出，縱使容得下也不適合分區屬性。儘管實體規格相對小，或許由於此區素材之概念密度甚為參差不齊，小宇宙31居民之心理標度變異數相當可觀。

第四章

入夜後，小宇宙31時有侷限封閉感，像是一座夜貓子滿街跑的城市，擁擠又嘈雜，天上灑下的紫光照亮背景，天空的東邊和西邊發紫光，南邊和北邊也是，晨曦和晚霞皆紫，大小角落的高空低空一片紫。在這樣的夜裡，在這座小如城邦的宇宙中，從來沒人睡得著，人人傻傻仰望著浩大又微渺的一片天外有天的天空，聆聽著遠古輻射線沉鳴至今的嗡聲。

也有些時候，夜景恰好相反，暗到宇宙居民個個好空虛，同步寂寞著，抱著人或有別人抱著的居民也一樣寂寞，靜到沒人睡得著，太散漫了，大家躺在床上只覺得好卑微，感受著「有」與「無」有多麼雄偉，人人傻眼盯著蒼穹，看著自己這片小天空冰冷而漆黑，看著這條黑布吞噬掉所有溫度和光線。

TM-31時光機有多小？主室可使用的內容積只比電話亭稍大。這裡面額外的空間不多，整體甚至連一個房間都稱不上，較像時空裡的一個合身的外殼，像我的身外身。當我透過取景器向外望，而且「參考架構」濾鏡設得恰到好處時，我可以放鬆理智，鬆懈到能想像自己和時光機融合為一體，人機合一，愈想愈不太分得清人機的界線。

要我描述這空間的大小，這裡大概不比飯店淋浴間來得大。我指的不是有浴簾的那一種，而是透明的正方截面形浴室，差別在於這座時光機的大門（可投你癖好做成一道透明浴室門）是一套「過冷磁壓縮」系統，有隔熱禦寒作用，因為艙外低溫可達只比絕對零度高半度，高溫可飆到大約一百萬克耳文。冷，熱，隨你怎麼說，全被隔絕在外。除此之外，你可以加裝一套市售的篷蔽器，掣鈕一扳，全機就隱形，你坐裡面，不怕冷熱，外人看不見，隱形到可能連你都忘了自己的存在。

站著雙手向左右伸直，我的掌心能平貼兩旁的牆壁，但我轉彎九十度再直伸雙臂、手指攤開，指尖卻碰不到牆壁。如果照這方向原地躺下，頭髮能微微掃到牆壁，腳趾努力伸也只勉強觸及另一牆。我在時光機裡就這麼睡覺，睡得相當舒適。這裡既是床、工作室、客廳，也是機工間。我開著它去上班，用它來上班。我開著它下班回家，在裡面住到隔天。如果客戶找我修東西，我會拿紙筆草草運算一些物理數字，這裡的時空模擬引擎配備一套觸控介面，碰一下就有選單往下掉出來，裡面有幾條簡易的偏微分方程式。我只需按照當地（歐幾里得／黎曼／羅巴切夫斯基〔Euclid/Riemann/Lobachevsky〕）宇宙使用的特定幾何學，點選我要的方程式，就能開工了。有了這架機器，穿越時空所需的用品應有盡有，用不著的東西一概不用。

但我不得不說的是，住在休閒時光機裡，想維護體格不是一件容易的事。我常吃泡麵。空間不夠大，無法做伏地挺身。有時候我會抱艾德當啞鈴，鍛鍊手臂幾下，他會嘟噥幾聲，但能忍一忍。

不照時序的日子過久了，這機器裡的空間等於是我的世界，我的全世界。沒有一項物體能像這架時光機一樣，經歷過序列相同的一套相對論式加速、應力與張力、勞倫茲收縮（Lorentz contractions）和時間膨脹。現存的物體當中，無一能像這架TM-31跟我如此相似相近。這一部實體機器為我的世界線歷史編碼。我個人的時間——相對於外在世界的時間——存在於這時光機裡，只在這裡面存在。這裡的空氣，這裡的分子也是。我的計算機、身上的襯衫、枕頭、量子螺絲起子、以普朗克[10]單位計算的量尺。這些都是跟著我搬家的東西，都是我叫時光機一起帶走的東西。這器具，這座電話亭，這一間四次元單人用實驗室，供我居住，但隨著歲月推演，透過擴散、呼吸、粒子交換等作用，這裡面的空氣、跟隨我旅行的這些空氣全是我，而我是空氣。我呼出的二氧化碳經幫浦回收處理，變成氧素充足的空氣傳回來，空氣裡的分子在我四周游移，在我體內活動，然後再被呼出，所有的空氣都是同一種物質。我把它吸進體內，它融入我的血液系統。有時候，它們是我的一部分，有時候我是它們的一部分。有時候，它們在我的三明治裡，有時在我的頭髮裡，有時在我的血腦屏障裡，有時在我腳丫裡，有時甚至在我的肺臟裡、胃臟裡、腎臟裡、膽囊裡，有時在機內量子電腦裡，有時在我的方格紙裡，有時隨著心跳在我的血液裡奔流。光子，這裡面的光，已經蹦跳了好一陣子。這裡的光是舊的光，是新的光，歲數全相同，全是同一道光。[11]

10 譯註：1858-1947，德國理論物理學家。

11 作者註：費曼（Richard Feynman，1918-1988，美國理論物理學家）路徑積分公式中，任何一種粒子——例如光子——與其說是特定時空裡特定地點裡的特定一個物體，倒不如說是多重時空史上同一物體的綜合體，一個總和。

換個方式解釋，一個光子能以各種可能的途徑穿越時空，從A點前進至B點。就某種意義而言，分分秒秒，每個光子在宇宙裡無所不在。

另一種解釋方法：全宇宙只有一個光子，而這光子散見於龐大的機率場域裡的一切物體，促成人眼看得見的所有光。

摘自《時光機修復師的生存對策》

實境

在小宇宙31中，實境佔其總面積百分之十三，佔其總容積百分之十七。其餘是標準複合體底座科幻基體。

憑拓撲學而論，小宇宙31的實境成分集中於內核，並以科幻為外層。

儘管長久以來，實境被視為僅僅是科幻的一個特例（亦即，體驗品質因數等於一，換言之，經驗再奇特，也不大於或小於事物的直覺概念），但今人咸信，從地質學角度觀之，科幻層的結構能支撐「實境」的非科幻核心。近年來，研究人員開始進行實驗，想探討此種介於兩區之間的可透性薄膜，據信該薄膜可讓物質進行無形、細微卻高動態的交換作用。

第五章

童年，和同一條街上的鄰居小朋友玩遊戲，大家都爭著要當某個英雄，所以一定要搶先聲明自己想當誰，一見面就講，最好是一踏出家門就先講好，哪怕你家隔他們家好幾戶。先講的人都搶著自稱《星際大戰》裡的韓索羅。大家都懂這道理，幾乎是連講都不必講自己想當韓索羅。如果你先開口，你就是韓索羅，用不著再爭了，沒什麼好講了。

有一次，住在兩條街之外的唐尼（在高速公路另一邊）率先開口，說他想當巴克・羅傑斯，結果被大家狂笑一頓，笑了好久好久，糗到他一副哭相。他乞求換一個角色，可惜太遲了。那天第二個開口的賈斯汀搶到韓索羅，簡直像是沒買樂透就誤中頭獎，爽得他不可一世。唐尼懊惱不已，可說是跌進地獄去了，大家一直糗他是傻客・羅傑斯，害他難過到尿失禁，跳上他那輛藍色Huffy單車騎走，一去不回。

大家為什麼都想當韓索羅？確切原因我一直沒搞懂。也許是他不像路克·天行者，缺乏血脈傳承，沒有與生俱來的原力，沒有預設背景故事。韓索羅的故事要靠他自己努力創作。他是個自由接案的主人公，相對而言是個平凡人，卻能憑著快槍和俏皮話打進大聯盟。基本上，他能當上英雄是靠幽默感。

原因無論是哪一種，總之大家都爭著以韓索羅自居，每一次都是，永遠都是，其次通常是楚巴卡，因為如果當不成銀河系救星，乾脆當一個渾身是毛、身高兩公尺半的巨獸。

話說回來，沒人從小志願修理時光機。

沒人會搶著說，我嘛，我想當修理工。

我有個表哥在死星的收帳部門上班，每次和他聊，他總勸我去應徵。他說他的部門有個很棒的自助餐廳。所以，我不是找不到工作。另外，社會局誠徵社工幫助無趣外籍人士。有公家退休金可領喔。

不過說真的，最單純的大概還是繼續做我這份工作。這心態是怎麼衍生的，大家都清楚。起先只是先做再說，騎驢找馬，然後把自己的故事搞定，成為個人領域裡自成一格的英雄。你會告訴別人，這是為了爭一口飯吃，你告訴自己這是爭一口飯吃，後來到了某一階段，不知不覺之中，你不再是為了一口飯而上班，而是這份工作成了你的飯碗。

起碼這份工作有一支佩槍，是每個技師都有的標準款。萬一有客戶拒絕合作、想自殘或可能危及時空架構鏈時，這支槍可派上用場。這槍的外型其實相當酷，看起來有點嚇人，一點也不袖珍。我當然沒開過槍，不過，偶爾我會照著鏡子，從槍套拔槍出來，只想看看自己逮捕壞人時的模樣。

摘自《時光機修復師的生存對策》

附著係數

小宇宙31之居民分成兩大類：一是要角，二是勤務人員。要角可自選文類。目前仍有空缺的文類是蒸汽龐克。勤務人員可選之項目如下：追溯修訂、會計、人資、時光機修復、清掃。想成為要角，附著係數必須至少〇．七五。想成為主角，係數必須達到一．〇〇。

計算係數的因子包括：

- 信以為真之能力
- 該信念之熱度
- 謙遜

- 願意出醜
- 願意被傷透心
- 願意覺得小宇宙31不無聊，最好是視之為趣味滿檔，甚至視之為重要，並且能無視其重度瑕疵品之本質，甚至認為其值得拯救。

居民之附著係數若低於零（正式名稱是「反諷附著係數者」）以留職停薪處置，靜候審核，以判定該員是否適合留存於小宇宙31之敘事空間中。

第六章

順時敘事理論（chronodiegetics）是科幻學的一派，針對有限度的敘事鑽研其物性與形而上特質。論及敘述空間中的時光本質和功能，目前這理論無人能出其右。

時敘論的內涵是，一個人以恆定加速度掉進時光裡，在欠缺視覺或其他外在提示的情況下，將無法辨別以下兩者：一、敘事力促成的加速度。二、額外敘事力。換句話說，從掉進往昔的這人視角，無從判斷他究竟是停在引力式記憶驅動的敘事框架中，或停在敘事參考資料的加速度框架中。這人體驗到的是**過去式／回憶等效**。換言之，故事中的某角色，甚至是敘事者，通常不知自己究竟置身在故事的過去式敘事法裡，還是置身於現在式（或其他時態）中純粹回想往事。兩相等效形成了一整個領域的理論基礎，簡述如下：

順時敘事基本論

在科幻空間之內，結合回憶與悔意兩必要元素，即足以製造時光機。

亦即，原則上建造一架跨宇宙時光機的素材只需要：一、可前進後退可記錄的一張紙。二、這張紙只從事兩項基本作業：敘述，以及直截了當運用過去式。

記得我還住家裡的時候，每到週日下午，總覺得全天下的聲音只剩廚房時鐘的滴滴答答。

我們家集結了各式各樣的靜謐，每一房每一廳都自成一個靜音空虛的框框，一家三體（媽媽、爸爸、我）各自循著函數曲線晃蕩，從一處晃到另一處，默默不出聲，枯等著，等了又等，盡量不去擾動寂靜場域，不去破壞整個寂靜體系的微妙均衡。我們三個從一個房間遊走到另一個房間，頂多擦身而過，路徑由不得我們自選，也不是隨機，全取決於我們各人的特質，各人的心性，無法偏離，也無法逸脫各自運行的軌道，連走進至親所在的隔壁這種簡單動作也做不出。坐在裡面的是自己的父親、母親、小孩、妻子、丈夫，不吭聲，等候著卻不知自己正在等，等著別人開口，沒話找話說也行，想開口，渴望開口，卻無法起而行，無法切換速度。

有時候，我父親說他人生有三分之二是失望，那還是在他心情好的時候。

他大概是在自我貶損吧，我猜。我總想問卻不敢問的是，剩下那三分之一裡面有沒有我。

長久以來，同事、顧問和上司都稱讚他研究科學的精神。五歲大的我，十歲大、十五歲大、乃至於十七歲大的我，隔著一層略微敬畏的薄紗，不斷觀察著他。

他會說：「沒有上司才是自由人。」晚年，這成了他的老生常談，常喟嘆著現代科幻人的一大悲劇：上班。週休二日是個架構，是一片網格，是一套矩陣，緊緊框限他，是時光上的一條小徑，是生辰與死期之間最短的距離。

晚餐多數時候，我注意到，母親一關心他今天上班情況，他立刻緊咬牙關，眼皮緩緩落下。我看著他壓抑他的志向，似乎在職場每遇一次挫敗就再矮一截。我看著他把志向硬往下壓，年復一年在心底找到新地方深埋。我觀察著他苦吞日常小怨氣，積累了一段時光（危害身心最劇的物質），敗績在底層匯聚成油頁岩般的礦藏，如同卡在岩層裡的揮發性物質，如同蘊藏量豐富的位能被鎖進惰性基體中，現階段緘默而無動於衷，其實正蓄積著壓力，易燃性逐年遞增。

「太不公平了吧。」我母親會這麼說著端飯菜給他，一手放在他背上安撫他。被這麼一碰，他會陡然縮一下，更糟的是會把她當成空氣。一家三口就這麼坐著，靜靜吃晚餐，飯後母親會去她自己的臥房看書，讀到睡著。

我父親有寫索引卡的習慣，一張張寬七公分、長十三公分的索引卡收進金屬盒子。起初類似工程師查用的通訊錄，零星記幾個字，以效率為重，寫得平淡乏味。每張卡最上面的紅線註明朋友、同事或點頭之交的姓名，字體工整侷促，一絲不苟，混合了印刷體和書寫體。在姓名底下的藍線區，他註明電話號碼，知道地址就跟著記下。右邊記錄他和這人的關係或這人值得一記的特點。

小時候，我看著這些索引卡，總以為大事快發生了。我看著索引卡排得井然有序，格式整齊，張張都代表一條直通外界思想的管道，直通其他科學人士。我把他那金屬盒視為寶庫。

如今回想起來我才發現，盒裡的索引卡寥寥無幾，每張寫得謹慎小心。我現在也明瞭，下筆謹慎度和通訊錄的單薄度有著正相關，花在寫卡上的時間與我父親的人脈成反比。

哈洛德・陳	流體力學
314-192-6535	
—說他很欣賞我的論文	
—兒子想找實習機會	

法蘭克・李	損害與耐用性
271-828-1859	
—可能一起做研究？	
—等他回電	

記得他守候電話機，矮小精幹的身軀緊繃坐著，略帶殷勤的態度，等著貴人來電。

我有時對他說：「剛才你在外面，電話好像響了一陣。」

「你來不及接啊？」

「差點接到。」

「也沒在答錄機留言。」

「對方一定會再打啦。」

在他書房裡，粗布做的書脊、深奧的書名，讓童年的我望而卻步，但如今回想起來，我知道那些書都有關聯，整體看得出他想藉書力爭上游，目標是設法瞭解這世界。父親想從這批藏書找出思想體系，探尋模式、規則，甚至教誨。偽宗教，真宗教。勵志書。《從三千變五十萬》，從五十萬變一千萬；《征服弱點》，征服你自己。高級數學、材料特性，只探討專一冷僻題材的灰色嚴肅專書和鮮紅的書名並列，有些書名飽含誇飾語，有助於讀者自我實現、自發自覺。有些書把個人形容成一輛堪修的破爛車，把個人視為機械學的一項挑戰，將個人當成一道條列式習題，把自我當成一組有待改善的習性，把自己視為一項DIY工程，把自我視為一個有待解決的問題。

守電話守煩了，他會回房換衣服，鑽進車庫。我會拖幾分鐘才跟進，站在他附近，看著他敲敲打打。遇到解不開的疑難，他會去五金行，留我在車庫裡練籃球等他回家。我的籃球漏氣漏得差不多了。有時候，他一去幾個鐘頭，等他修好了，他會逐步解釋給我聽。他最高興的是能從頭到尾教我解決難題，每進行到一關卡，他都能見招拆招。我會發問，問到無話可問。同一個話題講不下去了，我們才上樓洗澡，然後癱進電視機前的沙發裡。

「這是什麼節目？」我會問。

「不知道，在報導另一個世界的新聞吧。」

我陪他靜靜看電視，心情愉快，身體疲憊。媽媽會把一盤西瓜切成小方塊，插幾支牙籤，三個人一口一口吃著，吸吮著清涼的西瓜汁。

「課業怎樣？」我爸會問。

「還可以吧。」

「說出來，我聽聽看。」

我會對他敘述上課的情形，說完又講不出話。冷場片刻後，他會往後靠向沙發，含笑閉上眼睛。
「你覺得……」
久久不語。
「爸？」
我媽會舉起一手，手背貼臉頰，對我以嘴形說著：睡著了。
接著，他冷不防說：「兒子。」原來是他被自己的鼾聲吵醒了。
「你剛講到一半。」
「有嗎？」他會呵呵一笑，「大概是有點睏。」
「可以問你一個問題嗎？」
「可以。」
當時我該問他：哪天要是你失蹤了，我想去找你，你會躲在哪裡？我該去哪裡才找得到你？
我當初該問他這問題，該問很多事，全問個清楚。我應該把握時機問他卻沒有，才講完「可以」，他已經又掛著笑臉打瞌睡了。希望他也有夢。

第七章

經理私訊我。

我和經理相處融洽，他名叫菲爾。菲爾是微軟中階經理三．〇版的舊軟體，消極反抗度設定在低檔。設計他的人幫了我一個大忙。

麻煩只有一個，其實也不是什麼大麻煩：菲爾自以為是個真人。他喜歡聊球賽，常提起勤務中心的那正妹尋我開心，我老是提醒他，我不認識她，甚至從來沒看過她。

菲爾的頭３Ｄ投影在我筆電上。這時我可以說是雙手捧著筆電。

喂，好小子。想跟你打聲招呼。

嗨，菲爾。這裡一切都沒事。你呢？

唉，還不是老樣子嘛。老婆照樣囉嗦我喝太多酒，但我就是這樣，你曉得的嘛。

菲爾和老婆生了兩個無形小孩。老婆是一套試算表軟體，是一位和善的女士。應該說是女軟體。她每年發電郵提醒我，她老公的生日快到了。她知道夫妻倆都是軟體，但始終不願對他點破。我也狠不下心告訴他。

找我有什麼事，菲爾？

對喔，總不能成天稱兄道弟吧？哈哈。我邊說邊輕輕捶你胳臂一下，用圖像表示。怎麼傳達呢？我不會。言歸正傳，我這邊的報表顯示，你的機器該維修了。瞭不瞭呢，好小子？

她的運作還好。

檀美一聽，發聲像在說：才怪。我按靜音鍵，她賞我白眼。

好，我瞭我瞭，老弟。

那，這樣就沒事囉？沒事了，對吧，菲爾？

拜託，菲爾。我摸一摸投影圖裡的他的頭髮。拜託，朋友一場嘛。快講啊，菲爾。快說：這樣就沒事了。

好小子啊，你知道，你跟我是麻吉。不過啊，呃，你出差好一陣子了吧，好小子。我呢，怎麼說呢，老弟，知道嗎？

當然不知道。時態操作儀被我胡搞了十年，快故障了卻不巧被召回公司。想保住飯碗的話，我可要想辦法修好。

好了啦，別緊張啦，菲爾。我會把機器開回去的。還有別的事嗎？

好小子呀，安啦。你沒事啦，好嗎？我還是你的麻吉吧？等你回市區，我們可以一起去喝杯啤酒。好不好？喝一杯？喝。喝。喝。喝。喝。

菲爾常當機，話講到一半常跳針。遲早主機要升級，到時候菲爾勢必被淘汰。陪他扯淡是有點煩，沒錯，不過如果他走了，我一定會很想念他。

第八章

客戶來電，我輸入方位座標，一轉眼置身某公寓的廚房裡。地點是加州奧克蘭的唐人街，年代在一九五〇到七五之間。一鍋牛尾湯在瓦斯爐上燉得噗噗冒泡，濃郁的香味和蒸汽瀰漫整個廚房，宛如一團濃霧襲進舊金山灣。

我走進客廳，發現一位小我幾歲的女子，大概二十五、六歲，她跪坐在一名老婦人面前。老婦人躺在沙發上，姿勢不甚自然，雙腿垂在沙發邊，左手拖地，全身沒動靜，嘴巴微張，彷彿無力合攏，兩眼直瞪天花板或天空，是明眼人看透世事的模樣。

「她看不見妳。」我對女子說。

「我卻看得見她。」她說，不轉頭看我。

「不算是。這場景其實沒發生過，她過世的那一刻妳並不在場。」

女子總算轉頭看我，表情惱怒。

「她是妳母親？」我說。

「祖母。」她說。我恍然明白，我跳脫時間太久，太常窩在時光機裡了，變得不太會抓對方年齡。

我點點頭，和她一同靜觀沙發上的老婦人，看著老婦人承受命運的擺佈。檀美偷偷「嗶」一聲，提醒我有正事待辦，脫線時空等著我去縫補。再拖下去，損害將變本加厲。

「我想講一件事，沒有傷妳心的意思，」我說：「事情是這樣的，當初這事發生的時候妳不在場，所以現在妳也不應該出現。」

她不理會，目光鎖定祖母，一時之間我不確定她是否聽進去了，或者她可能有聽沒有懂。隨即，她轉頭看我。

「不然這算什麼？一場幻影嗎？一場夢？」

「比較像一道窗戶。」我說，我看得出她明白了。「時光機被妳這樣用，結果產生一道舷窗，窗外是另一個宇宙，在我們宇宙的隔壁，幾乎跟我們的宇宙沒兩樣，差別只有一點：在這平行世界裡，她過世時妳確實在場。現在妳我同在的這客廳，是小宇宙31和小宇宙31A之間的頂點。時空和光線被妳折彎了，所以看得見過去，而這段往事並不存在，僅僅是妳但願能回溯的一段時光。透過這道舷窗，妳雖然看得見那宇宙的往事，但妳其實不是真的在她身旁，妳是在妳的宇宙裡，我們的宇宙裡。妳跟她的距離無限遠。」

她咀嚼這話片刻。我打開一片側板，馬上看清毛病出在哪裡。

「τ調變器被妳亂按了。」

她投以歉疚的神情。

「放心，」我說：「我習慣了，見怪不怪。」

她把視線轉回剛才那一幕。「那年我讀大二，能讀到大學都是她的功勞，」女子說：「那天我接到她的電話，聽得出情況不太對勁。都怪我糊塗。應該趕回家才對。」

「妳的新生活等著妳去開發。」

「我還是可以趕回家啊，我爸說她來日不多了。我衝回去還來得及。」

祖母闔上眼皮。牽念的神情在臉上一閃而過，隨即顯得惆悵，最後她累了，孤伶伶嚥下最後一口氣，隔牆有一鍋沒人碰的燉牛尾。

為表示尊重，我默哀一陣才靜靜把機器修好，走回廚房，讓她獨處幾分鐘。

我聽得見哭聲，接著聽見低沉的話語，然後是歌聲，也許是從前唱給小女孩聽的童謠，現在唱最後一次。牛尾湯燉得香噴噴，我在想，來一碗會不會觸及時間悖論，想著想著，女子進廚房了。

「剛才謝謝你了。」她說。

「沒事，時間多得是。呃，也不是真的那麼多。」

「也對，我不能在這裡久留吧。」

我搖搖頭。「時空如果被折得太彎太久，舷窗會演變成真正的孔道，恐怕妳會永遠回不去了。」

「說不定回不去最好。」

「不好，相信我，這裡不是妳家。這裡有家的感覺，我知道。這裡一切都是老樣子沒錯，但其實不是。妳當時不在場，這一幕再怎麼演，妳也不在裡面。」

典型的客戶坐進時光機，能隨心所欲，想去哪一年就去哪一年，這可不是比喻的說法。想不想知道客戶的頭一站通常去哪裡？你猜猜看。用不著猜了，你早就知道了：一生中最不快樂的那一天。

也有些客戶只想搞怪，想把人生搞得天翻地覆。我見過很多男客戶變成自己的叔伯舅。想避免這類蠢到底的舉動是超容易的事，但我就是時不時會看到。沒必要細述，總之整件事跟時光機有關，什麼樣的人會做出什麼樣的事。大原則是，除非你能確定對方不是親屬，否則絕不要性交。我認識的一個男客戶最後變成自己的妹妹。

不過重點是，一般人沒有那麼怪。他們不是想闖禍，只是想不出別的辦法而已。經常鬧事的人我見多了，有些人動不動傷害自己，有些客戶心太傻，按捺不住，動不動做蠢事。

我受的職訓是「閉合時態曲線」基礎班，不過，課堂上應該教我的是，閉合時態曲線和世人的遺憾與過錯有何關聯，和錯過的至親真愛有何關聯。我曾不只一次阻止別人自殺。我曾看著人精神崩潰，以慢動作和摯愛分手，一次、一次又一次。

當前時光旅行的離奇問題五花八門，能出錯的現象我差不多全看過。在這一行做久了，會知道這一行做的其實是什麼。自我覺察，我從事的這一行其實叫做自我覺察業。

摘自《時光機修復師的生存對策》

以宇宙論深究「懷舊」的底蘊

懷舊是相鄰但無因果關係的兩個宇宙之間微妙卻可偵測的互動。

懷舊是人類想念從未去過的地點，一個酷似家鄉宇宙的地點。懷舊也可以是人類渴望成為一個自己永遠不可知的版本。

第九章

想當年，父親和我剛開始在他書房裡畫圖，隨手畫下腦子裡的想法，只畫一些線條、向量和試探不等式。那陣子，我們剛開始意識到這方面的潛力，我懷疑當時他早知自己會迷途。我幾乎覺得他刻意想迷路，他可能知道這部機器能通向什麼結局。他想用這部機器追溯感傷的源頭，想查清自己為何感傷，他的父親為何感傷，祖先為何感傷，盼能找出起源地，在宇宙死角找到某個幽暗的星體，一顆受困在歪七扭八軌道上的輻射性星體。

我記得我們使用的方格紙，紙上佈滿一公分見方的小方格，縱橫著淺綠色直線。父親以拆信刀打開一包五本裝的方格紙，每本一百張。這支拆信刀上有他公司的商標，插在桌上的刀鞘銅座裡。（我還記得拆信刀裝在一個黑盒子裡，表面印著燙金草體字：**行政主管辦公桌組合**。「行政主管」一詞給人的第一印象是光明的前途，是對未來的展望，難得他承認自己的希望和野心。而我也能想像塵埃落在黑盒子上，每隔一年加厚一層，積累成一層肉眼可見的尷尬。我多麼但願自己能趁他上班時溜進書房，偷偷丟掉那盒子，或者藏起來，以免「行政主管」幾個字大剌剌地擺在桌上，天天瞪著他。為公司賣命十年不受青睞，竟換來這份輕率的禮物和輕率的封號。）

每本方格紙以薄膜封包，他會搓一搓薄膜，拈起一小團撕開，發出那種纖弱緊緻的撕裂聲。

他聽了會「啊——」一聲，半笑不笑享受這聲響。他會把撕下的保護膜揉成一團給我，我用雙手掐著捏著，聽它啵啵出聲，然後再捏緊一點，投進鐵絲網狀的灰色廢紙簍，落在一堆繳費通知書、繳費信封、信用卡申辦推銷函上面，帳單和信用堆疊得搖搖欲墜，是一場等著爆發的雪崩。

他喜歡對我說：「挑選一個世界，隨便什麼世界都行。」我們面前擺著一疊平面世界，一個n維時空，等著被進駐。我會從五本裡挑選一本出來，他會把剩下四本收回櫃子去。方格紋佈滿整張紙面，上下左右全不留白，視覺宜人，清心寡慾，不偏不倚。若左右或最上方有空白，或在卡式座標上出現任何中斷，方格紙勢必喪失表達能力，將無法呈現整體，無法呈現普世，概念空間將被摧毀殆盡。

每一本的上端以紅膠黏合，有時我父親會撕掉最上面一頁，避免筆尖在下面幾頁留痕（深及幾頁要看鉛筆或原子筆的力道輕重，從兩頁到四頁都有）。撕下一頁的聲音與撕開保護膜類似，不過也有許多不同——撕紙的音質較重、較粗、較深沉。但我父親最常做的不是撕下方格紙，而是讓紙整疊留著。

「你看看，」他說：「看筆墨是怎麼滲染的。」他喜歡筆墨透頁的樣子，喜歡在厚厚一疊紙本上寫字，喜歡厚軟的觸感，讓筆尖和紙面之間多一層軟墊似的介面，換言之每下一筆，兩者接觸時間加長，允許紙纖維勾搭筆尖，藉毛細管作用吸取更多墨水，而墨水多一點，可讓筆墨分佈更均勻，筆畫更粗，線條更勻稱，別具個性，更加牢靠。頭一頁底下疊著九十九頁。一百是個整數，是十的二次方，象徵一個指數，是眾多平面整齊疊成的一塊，可說是由這本方格紙代表時空，代表各種可能性的圖形、曲線、關聯，代表所有問號、解答、疑難，所有難題都能藉這一批方格紙和小小方格化解。

「今天，我們要航向閔考斯基[12]空間，」他說著隨手揮灑幾下，指向眾所周知

12 譯註：Hermann Minkowski，1864-1909，德國數學家。

的世界，原本空虛的世界頓時充滿方向、距離和無形作用力。

他邊畫向量和真值邊說：「假設有一個人體，假設有個男孩從小和他的雙胞胎隔絕，以光速運行。或者，假設一個寂寞的太空人，正在想家。」

我喜歡他把整張紙視為外太空，在角落加註腳，或標示橫軸縱軸，或在左下角開闢一份圖例，更妙的是在XY平面上畫一道弧線，然後在左上角寫下弧線的方程式：$f(x) = 0.5x^3 + 4x^2 + 9x + 5$，飄浮在卡式座標的第二象限，方程式存在於科學中，存在於科幻，在科幻方程式的領域裡存在。我愛看他的筆跡，看他寫得多麼工整，無疑是靠幾萬小時的運算淬鍊出的筆功，在課堂上練，放學後也練，上班練，空閒時間練，下班後的腦力激盪也練。現在，兒子在身旁，他也練字。兒子是他的學生，他未來的研究助理。他的字母寫得有條有理，大小一致，筆畫講究，活脫是漫畫書裡的對話框。我愛父親字字審慎，留心字距，不像是把字母填進框框，不想把字寫得太格式化，太精於算計，太鬆散而喪失美感，不願讓字母淪為階下囚，不願把它們關進單人禁閉室，所以他善用頁面上的橫線為依據，字頭可頂著線，可破線而出，字身可越界左右，無須解釋，無須劃底線或加框自保，用不著其他標記來表示句首，也用不著區隔文字和曲線，用不著標明留白和留白裡的註解。字就寫在上面，寫在曲線旁邊，靠近y軸，和圖形一起飄浮在平面上，這片空間是柏拉圖式的疆界，曲線、方程式、軸、理念，全部群聚在一起，本質全相同，是概念式居民和平共處的一個民主國，平等無階級，不混合不細分抽象和具體，什麼也不混合。他寫的字是國境內的公民，邊界以內的空間全部有用、可用、可能。這空間完整無缺，想寫什麼就寫什麼，什麼都能思考，什麼難題都能破解，什麼謎題都能猜穿，萬物都能相連、佈局、分析、修繕、轉化，都能均衡、劃分、隔離、理解。

根據我的個人時鐘，我在這機器裡已經住了差不多將近十年。我左手腕皮下植入的生物順時儀晶片顯示：九年九個月又二十九天。對我的身心而言，我在這時光機裡度過的時間就這麼長。晶片能統計我的呼吸、眨眼、午餐、形成記憶的次數，藉以換算日數。

這樣算來，我猜我三十歲了。差不多三十一。

不用說也知道，時光機修理工的豔遇不多。兩、三年前，我跟一個小可愛搞過一夜情。對方不太算是人類，是個類人。逼真到上衣剝掉後令人眼睛一亮。

我們搞了幾次曖昧，再進一步試幾次，最後我還是不太懂她的生理結構，也或許是她不太懂我，有些時候會尷尬地手忙腳亂。但不管怎麼樣，我認為她玩得很開心，我是滿開心的。她的吻技高強，不過我希望我吻到的是芳唇，最起碼是類比唇也好。

到頭來，我們還是沒修成正果。我認為她的頭腦缺乏動情作用，也或許缺乏動情作用的一方是我。

最近，我甚至懶得玩愛娃。

人到了十三歲，滿腦子遐想著有投幣式愛娃可玩的日子是什麼滋味。玩一次只要一美元，唯一的障礙是湊不足四枚兩毛五的銅板。

長大後，你會發現，遐想的世界成真了，一個吃角子愛娃的世界。可惜不如童年想像的那麼棒。原因之一是，心靈灰暗空虛的你並不會因此少一分寂寞。另一原因是，呃……很噁心。你的朋友，你的鄰居，你的家人，他們全曉得你在遊戲亭裡搞什麼飛機。他們知道是因為他們自己搞過。還有一個原因是，打從第一代愛娃遊戲機問世以來，至今科技並沒有長足進步，因為關注度不夠高。花一美元就能玩，有啥好抱怨的？

過這種生活，傳統年、月、週的意義全都消失。過這種日子，日期就像窗戶的玻璃被敲破般散落一地，只剩窗框；也像冰塊從製冰盒倒進洗碗臺，全是一模一樣、無日期標示的無名時光團塊，全融成毫無二致的一灘水。那天是禮拜六、禮拜五、還是禮拜一？那天是四月十三日，或是十一月二日？過這種生活，表示你不再擁有一套日期載具，不再有一個尺寸是二十四小時的盒子，不能再裝載一些代表單位的事件，無法再區隔事件，不再有開始和結束，不再能列入待辦事項清單。過這種日子，生活點滴全混在一起，和父親相處的那天究竟是冷冽晴朗的十二月早晨，或是八月底某個清閒的傍晚？夏天的黃昏總覺得無限久，夕陽拒絕西下，一個小時成了一塊太妃糖，能無盡延展，不會和前一小時徹底脫鉤，也宛如海底熔岩堆疊出一座新島嶼，像一塊時光脫離海床浮上海面。

這裡的日子過得不舒服，但也不算不舒服，應該說是排檔裡的空檔，是「舒適－不適軸」上的零點，是居中的一個支點，右邊是正半無限舒適值，左邊是負半無限舒適值。在這裡生活是活在原點，活在零點，不在場也不缺席，否定自我，否定自身，近到趨近零的 ε - δ 極限。

人可以一輩子活在零點嗎？終生可以活在舒適和不舒適之間的居中點嗎？在

這架時光機裡就可以，這是我父親設計這機器的本意。別問我為什麼。假如我知道答案的話，我就能理解其他很多事，例如他為什麼出走，去了哪裡，正在做什麼，何時才回家，到底回不回家。

這些年來，他躲到哪裡去了？我猜他正躲在時光機裡。

我不再想念他了，大部分時間不再想念，雖然這不是我的本意。我希望能想念他，可惜「時光能療癒人心」是真的，時光的療癒功能由不得人作主。一不小心，人會被歲月帶走一切傷心事、所有失落感，以知識取而代之。時光是一部機器，能把人的傷痛轉為經驗。時光能統整原始資料，能轉譯為較易理解的語言。人生裡的個別事件可被轉化為另一種稱為「記憶」的物質，轉化過程會失去某些無法挽回的東西，不分類、尚未加工過的時光將一去不復返。時光會強迫你再站起來，由不得你作主。

第十章

菲爾說的對，我早該進行維修了，時態操作儀差不多玩完了。

檀美認為，以目前的續航力，我們根本回不到企業總部。艾德舔自己的肚子舔個沒完，想自殘似的；這是他緊張時的習慣動作。他看我一眼，像在說：你不是人類嗎？快想想辦法啊。

「是我的錯嗎？」檀美說。她老是自以為凡事都是她的錯。

「不是，錯在我身上。」

「錯在你身上是我的錯嗎？」

「扯什麼鬼？愈講愈糊塗了，大概是吧，妳堅持的話。」

「謝了。」檀美說著，似乎寬心了。

事實是，時態操作儀是被我玩壞的，因為我跨居在兩個時態之間。都怪我在時光裡游移不定，以前可以這樣玩，排檔卡在兩檔之間，既活在現在式也不活在當下，盤旋在時空中載浮載沉，可避免把自己釘死在特定時刻，可以人在一個地方，心在另一個地方過日子。更正確的說法或許是，人在一個時間，心在另一個時間。P-I檔就能這樣玩，是一種便利模式。

我卻濫用這種便利。使用順時語法交通工具的時候，不應該以P-I檔為主，不宜一直用，因為這一檔甚至稱不上是檔，比較像定速模式，算是一種小玩意，一套必殺技，應急式的支架，一個不上不下的境界。這檔被正統控和工程師共同鄙視，有礙觀瞻，影響整體設計，嚴重耗損能源，對機器本身有害。以P-I檔運作時，機器為了避免直線行進，會虛耗燃料。時光機排檔調到這一檔，我可以不按時序過日子，能壓抑回憶，能漠視未來，能把一切視為現在式。一直以來，我是個劣質飛行員，劣質乘客，劣質員工。是個不孝子。

艾德嘆一口氣。狗嘆氣是在表達不含雜訊的實情。他懂什麼？狗能懂什麼？聽艾德這麼嘆氣，可見他能看穿我的心，而他照常愛我不誤。

我問檀美的樂觀度設在幾度。她說，設得很低。我叫她乾脆調高一度，調到平常的低值，然後重新計算。

「計算結果怎樣？」

「我們可以飛到總部，不過，滿勉強的。時光機墜地時受損的機率是百分之八十九。」

我告訴她，妳辦得到的。我說我對她有信心。我講得真誠，因為我真的對她有信心。

「妳很行。」我說。

「我才不行呢。我不行。我不行。我不行，」她說：「我一點也不行。」

講完後，她小聲自問著：「我是真的很行嗎？」

檀美的計算果然行，人機接近目的地了。

飛進宇宙中心，即使是像這樣一個有點小的宇宙，也是永遠都無法的事。

飛進小宇宙31，猶如在日出時分接近紐約拉瓜迪亞機場。我可不是亂比喻一通，小宇宙31的首都大都會區，稍多於三分之一的區域恰巧是從前的紐約市。

時光機傾身接近機場，螺旋式迅速降落，這時我鳥瞰著市區，驟然明瞭自己多渺小，敬畏和期望的心情正好參半，這心情維持了一、兩分鐘，感覺像飛機賦予我的一股勇氣。洞見。那一、兩分鐘裡，我產生洞見，只不過我洞見的不是空間，而是時光。我們這架時光機不是向下滑行，不是從天際掠過摩天大樓，而是向下滑行，躍進現在式。每次降落到這階段，周圍的光線總令我感動。相對論式速度放慢，光漸漸射進我瞳孔，包圍我四周，愈聚愈強。

滑行進入時光走廊，萬物豁然在眼前展開：群峰相連的高樓線條，過去與未來的整體配置和紋理所展現的高低點，混雜的風格，扞格不入的線條和平面。地表人影交織，個個小如螞蟻，各有各的時空框框。你看得見物體的動線：有些人在辦公大樓中，裡面擺著假花卉，電梯上上下下；有些人在辦公桌前動來動去，一整天的動作全在這一秒進行，不會模糊成一團，不是平均值，而是一整天的總和。

這些人，自以為速度全掌握在自己手上，其實身不由己。

這些人，一直以各自的模式動來動去，而我也和他們一樣，卡在我自己的模式中，可能是卡得最嚴重的一個，但在目前這一刻，我看得清自己的能耐。

就算是靜止不動的物體，你也看得出他們的動作，搖擺著，扭轉著，剪切而彎折著，看得出他們一點一滴慢慢耗損中，甚至忙完一天，緩蝕效應立見。他們成了自己在一段時間中的平均值。

在我降落的當兒，我的視線特別聚焦在一個人，一個陌生男子。我之所以相中他，是因為他的外觀酷似我，身高體重年齡和我相仿，不同的是他穿西裝，像是一個顧家的男人，剛下班正要回家。我看得見這人忙完一天的模樣，也同時看得見他今早起床，看得見他一天當中的遭遇，看得見他在新的一天懷抱新希望，看得見他希望落空，看得見他還不知道希望會落空，看得見他已經知道希望落空了。我看得見一天當中的他，看得見他心中的一天，看得見他不是順著時光運行，而是由時光所組成，至少他的人生是時光組成的，總之意思是，我眼前的景象不是電影裡的定格，不是翻頁動畫書逐頁翻飛產生的動畫，而是整部影像本身。

摘自《時光機修復師的生存對策》

首都

在小宇宙31的首都，非機械人佔總人口百分之八十七。首都的法定全名為：

紐杉磯／落失東京－2

此名僅在外地人之間流傳，因為地圖上以此名標示。在政府規章中，此名簡寫為NA/LT-2，時而暱稱為「落失城」或「宇城」或「紐東京」，但僅偶一為之。然而，除了觀光客與官方，幾乎人人稱之為輪迴城。

輪迴城的形成有兩階段。階段一，相隔四千公里的紐約和洛杉磯，在無形中緩緩聚合為一體，無法再分離，令眾人，包括居民、物業主、市府官員、停車場地主、東半區的西區人、西半區的東區人至為驚愕。聚合過程中，紐約與洛城吞噬兩者之間的一切，形成一座大都會，裡面涵蓋全美各地，阿拉斯加與夏威夷也不例外。

不久後，第二階段展開，大東京沿著時空斷層，自動一分為二，半個東京繞過半個地球，包圍住紐約與洛城的合體都市。這半個東京稱為落失東京—2。

另一半，落失東京—1，至今仍未尋獲，據信目前位於宇宙某處，是一座人口八千五百萬的超大型半城，城界殘破，導致客廳、計畫、聚會、約會、探監交媾床、家庭晚餐桌、竊竊私語的祕密皆變得參差不齊、凌亂襤褸。大東京裂解前毫無警訊或解釋，手牽手的伴侶因而瞬間相隔兩地，困惑不已，以日語詢問天邊冒出來的旁人，無法理解狀況，也不清楚有否恢復原狀的一天，只盼有朝一日另一半能回來。

第十一章

起降場塞車，因此「次空間」航管人員強迫我們待機，結果我們耗了生理時間將近兩小時，困在XPO輪迴裡[13]。終於有管道了，也獲准降落，這時我餓又累，結果又聽航管說，以這入境管道的時光而言，我降落時間是午夜前幾分鐘。我當下的反應是，爛爆了，這下我只吃得到街角二十四小時無休的熟食店，或七十二街和百老匯大道的路口那家兩元兩條熱狗的草莽小店。我繼而一想，呃，別傻了，那家店的熱狗正合我胃口。

降落後，我們從時間捕捉籠滑行到維修廠。艾德和我爬出這架TM-31時光機，走進遼闊的機棚157。

修理工是機械人，以程式設定為「模擬修理工性情」。他瞄我的時光機一

13 譯註：作者說明XPO是exposition的簡寫，在這輪迴裡，作者和敘事者能稍加解釋故事背景。

眼，挑起眉毛改看我。

「怎麼了？」我說：「少來這一套。」

「哪一套？」

「別裝傻，眉毛的那動作。唉，什麼鬼，你那兩撇根本不是真眉毛。」

「有人講話帶刺。」

我死不願承認，不過他說的對。我常袒護我的時光機。只要看一個人的時敘分佈器（manifold）磨損的模式，就能大致摸清他的底細。說穿了，人的種種煩惱、心性、思想模式，全蝕刻在二氧化鉻板子上，對方一目瞭然。

他叫我明天回來取車。我問明天幾點。他說中午前。

「具體一點不行嗎？拜託，你是個機械人，腦子裡不是裝了微軟Outlook 73.0嗎？」

「好吧。」他說。他翻翻白眼，模擬出輕蔑的表情，嗶一聲，表示計算完畢。

「十一點四十七分，你的機器將於明日上午十一點四十七分準時交車，不要遲到。」

我坐上地鐵，鄰座的男子被一團新聞雲環繞著，我瞄到：悖論上升十六個百分點。我湊近看，依稀能讀到內文：第四季比去年同季上升十六個百分點。如果大家不要一直想坐時光機去殺自己的爺爺，也許能降個百分之多少。就算無法改變過去，人類照樣有辦法把現在搞得七葷八素。

鄰座男子到站下車，新聞雲跟隨他腦後飄去。我喜歡看新聞雲散開成一絲絲，宛如甩來甩去的尾巴，像是打字機鍵盤和風鈴串成的一條龍尾，清一色的小綠點飄呀飄，是片段、影像、文字形成的一團輕霧。新聞繁多的日子裡，這種小雲點充斥著全城，如同五千萬份報紙活起來了，會呼吸，會喊叫，然後被消滅，化為光與雜音混合而成的汪洋，漸漸散失。

我下電車，走樓梯上去，進入市中心，宇宙中心，剎那間產生錯覺，彷彿踏進一個不適用科幻定律的地方。這是人之常情。

在一連串色彩變異無常的霓虹平臺上，人們站著、走著、等著、動著，各平臺的色調配合各商標的主色系，整座平臺被註冊商標上下左右全包圍。

人成了電玩裡的角色，踏進這套全彩沉浸式情境電玩的開頭，世界呈現在眼前，有一連串的挑戰，滾動式的領域裡充滿著定期蠢動的危機。

今晚，我覺得自己是個小不點。要在市區度過一整夜，我覺得受不了，黑夜浩瀚到不迷失也難。現在時間已過凌晨一點鐘，續攤的人群嗨到最高峰，晨曦連一撇都還沒有。從現在到日出，任何狀況都可能發生。果然，埋在記憶裡的那份感覺又升起了，宛如順腿而上的一股寒意，刺刺麻麻爬上我的後腦勺，再沿著手臂下去。我忘了，活在時光裡就有這種感受：猛然往前撲，從懸崖掉進幽谷再陡然落地，既驚奇又迷惘，隨即重複整個過程，一次又一次，不斷掉進時光中的每一刻，然後爬上來，再重複全程。我幾乎懷念這片迷茫恍惚的視野，懷念這一面以潛望鏡探視到的意識，懷念踏實人生中的摩擦與干戈，懷念著人生的耗損。我幾乎忘了活在當下的危險與喜樂，忘了每一刻每一幕都顯得紊亂、急就章與虛飾過度，每一刻都自行組合隨即解散，每一刻都自行肢解成碎片。時時刻刻，整座舞臺就這樣在搭建的同時傾頹。

我在這裡站了一下，打著哆嗦，進退不得，受困，無拘無束，後來向下一看，見艾德好像有點冷。我向路邊攤買一杯熱巧克力，買兩條熱狗，一條塗番茄醬另一條不塗，和艾德各吃喝一半，只不過，坦白說，他可能多吃了一些。

艾德想看宇宙大爆炸的介子——玻子秀，所以我們過馬路，在外面站一下，欣賞宇宙大爆炸重演。到了整點，有個盒子打開，宇宙中的所有色彩一同迸發而出，折射著，反射著，在櫥窗中跳來跳去。艾德樂得尖嗥幾聲。有幾名路人慢下腳步駐足欣賞，但多數人早就看過了。

我們過馬路到斜對角，有位老年人帶著一個天才寶寶，老少以四手彈奏著十一次元音樂。我們頭上的空氣是一團瘴氣霾，多半是新聞和謊言交雜的水霧，裡面有氣態的八卦，有迷因泡芙，更少不了幾句傳錯方向的禱告詞。幾個街角可見男人站崗，逢人就悄悄說，樓上有謎秀。

我對著天才寶寶的帽子賞幾個銅板，帶著艾德穿越廣場，想躲開層出不窮的機械人攤販。它們賣的是回憶，不斷兜售著。世界末日數位鐘顯示，末日將如期在下週將臨。紀念英國物理學家狄拉克的基金會包下一座二十層樓高的看板，統計著宇宙中的累積聚合錯誤。艾德和我看了一下，看著數字愈算愈大。

艾德看夠了，我們才往市區北邊前進，走向我租住的那棟公寓大樓。我租的不是公寓，而是一小間雅房，一個冷冰冰的小箱子供我承租，供我擺東西。裡面有床墊、牙刷、小沙發、一臺幾近報廢的電視機。貴重物品不擺這裡。我是真實時空裡的過客，沒道理在這裡做長久的打算。

櫃檯男交給我一支鑰匙。他是個滯留在同一時空的人，從不搭時光機，從他的視角，他幾乎天天見到我，每次見我，我就老了一歲、兩歲、五歲或九歲。在十個生理年之前，我找到這份工作時就租下這房間。對他而言，我向他租屋是上禮拜三的事。要是我住了一輩子，以他的算法，我大概只租差不多一個月。

我從衣櫃找出一條刺癢的羊毛毯，抖一抖，鋪在沙發上，給艾德睡，再踏進走廊，去共用洗手臺盛一碟水。艾德早就沒有肉身了，不喝水，但他看了還是露出感恩的神態。假如我能有我這條狗的一半人性，我的人性就能加倍了。

摘自《時光機修復師的生存對策》

資方

小宇宙31的原主放棄大計之後，整座物業進入代售期，閒置一段時日，才獲得新業主青睞購入。

最後，Google旗下的時代華納時光公司入主小宇宙31，完成實體架構，願景是經營成一套中價位至中高價位的資產與收益源，一座名牌企業體驗式購物中心，旗艦是一座嶄新亮麗的四次元主題樂園，內建單軌電車與紀念品店。

在此青黃不接之階段，部分業者，特別是經營大宇宙之業者，視小宇宙31為隨意堆放用品之倉儲，用以存放瑕疵品，包括實驗性物種、太空站、遭棄置或閒置之單用途行星，甚至整座文類系統製造廠。

另有業者利用小宇宙31進行至今仍略受爭議但逐漸普及的假想採礦——俗稱異類農業。

由於小宇宙31之概念架構未盡齊全，部分區域之鐵絲框構造暴露在外，故事線性幾何也欠缺複雜度，英雄少之又少，因此有企業主視之為測試新點子的理想場所，任奇思異想孳生蔓延，更由於其中人類居民自視甚低，大致被視為可犧牲品，業者無須擔心後果。

第十二章

很久很久以前，現在我十歲，我爸從公園開車載我回家。[14]

我們家的車子是福特LTD旅行車，鏽紅色，車窗蒙著一層塵土，我爸駕駛這輛在街上浮游。車子的避震器鬆掉了，開車時反而像一艘小破船在街上航行。那天我很累，汗黏滿身，柳橙冰棒吃到一半。

我坐副駕駛座，他穿著那件百穿不厭、看起來很不舒服、連禮拜六都穿的藍灰色西裝褲，我穿足球短褲，頭上頂著驕陽，熱到連頭髮都發燙，大腿黏貼著黑膠座椅。我盡量不要讓柳橙味的糖水融成小河，盡量不要讓冰棒汁順著瘦手向下流太遠。我眯眼透視著擋風玻璃。那天的印象很深刻。我明知那天發生什麼事，卻仍不清楚即將發生什麼事。

14 譯註：以下兩頁作者以現在式敘述。

「同學都說你……」我說著。

「說我怎樣？」

「說你，呃。」

「很古怪？」

「瘋了。」

我確實這麼說，我記得這麼說。記得話一講出口，我瞬間後悔，甚至現在還後悔。後悔這話啟動的開端，後悔它帶動的效應。

他兩眼直盯路況，是不是生氣了我無法分辨。他不吭一聲，我怕我惹火了爸爸。十歲小孩的我，懵懂中抓到一個危險話題，意識到自己誤闖槍擊現場，進入父子之間尚待發掘的一條軸。儘管我隱約知道不應該，卻照樣往前衝，用意不在傷他的心，而是幼小的我頭一次覺得父親在車上，陪在我身邊，聽著我講話，我頭一次覺得抓住了他的注意力，他把兒子的話聽進去了，不再把兒子當成小毛頭，而是把兒子當人看，看作是一個將來的男人，當成一個即將踏進社會、即將把社會知識帶回家的人。兒子有了社會知識，他就不必天天為兒子上課，或許也因此提醒他這個家何其小。

現在我問他，同學講的是不是真的。

現在他說，同學講什麼。

「你真的以為，人可以回到過去？」

這下子，他保證會生氣。他不常生氣，不過如果他一動肝火，大難就要臨頭了。我敢說他聽了很生氣，我很確定。同時，我考慮著，要是我把車門打開、跳車出去，會不會很痛。然而，他聽了只笑一笑，鬆開油門，轉進慢車道。「我們現在不就在穿越時光嗎？」他說。身邊的車流奔馳而過，以都卜勒頻率猛按喇叭。

接著，他轉彎駛進停車場，來到一家錄影帶出租店，熄火。我以為他想進一步證明他的時空論，想藉此向我說明，即使車子已經不動如山，我們仍穿梭時空中。我以為他要說教了，以為他想說，要是你把數學作業都乖乖寫完，就能聽懂我在講什麼。結果卻是，爸轉頭過來，以全然嚴肅的神態，向我傾訴他心底的一套計畫，一項**發明**。

我父親，發明家。在那天下午之前，我不曾以為父親能發明什麼。但聽了他這麼說，我隱隱覺得心裡有一小塊天地敞開了，世界彷彿變大了，超出我的想像範圍，父親心裡有些地方是我連猜都猜不透的領域。在那之前，我覺得他年紀一大把，是個上班族，同時也是我老爸。我從沒把他看成是一個有夢想有理念的人。我的父親有野心。有著一份從未跟我分享的野心。有啥好分享的？我才十歲大。但他也不曾對我母親或任何人傾訴他的雄心。他把志向深埋內心，藏在書房裡，壓箱。

我父親來自一個遙遠的國度，實境區的一部分[15]，汪洋中的一座小島，在地球上的另一區，時光也不盡相同。在那島上，人民仍靠水牛耕作，仍深信故事如人生，全順著時序直線邁進，實境生活裡仍存有足夠的法力，存在於濕熱的八月、蚊蟲、烈日，存在於誕生。仍有足夠的魔法與恐懼，存在於家庭這一道詭異的習題，以至於根本用不著時光機，穿越時空只會貶抑現世，會改變現世的機制，擾亂無形的連鎖作用。當前的科技就已經夠用了，有日出日落的科技，有每週周而復始的作息節奏，有每天十六小時的種稻苦勞，其餘時間用來吃飯睡覺，一年有四季，一年接著一年來，年年都是一部運作正常的機器。

他向我描述他想發明什麼，那時我難以正眼看他。原因之一是，他的嗓門變得有點大，光是這一點，就足以讓認識他的人心驚。我父親話不多，但並非逆來順受，他輕聲細語卻並不優柔寡斷。輕聲寡言不只是節制音量，不只是重視禮教、圓滑得體。輕聲寡言不只是儀態，不只是個人偏好或個人風格或整體的個性，而是一種處世之道，我父親的處世之道。寡言是新移民的求生策略，能用來在美夢新大陸闖天下。他來到這片希望之邦，來到這片科幻區域，申請到獎學金的他只拎著一個綠色小行李箱和姑媽送的檯燈，只帶著相當於五十美元的外幣，在機場兌換到四十七美元。

然而那天在車上，他講得很急、很興奮，嗓子快啞了，害我感到窘迫。見他那麼希望無窮，我反而煩惱。我聽了不相信，也許我對他缺乏信心。或許是我小小年紀見慣了他吃敗仗，見慣了每晚他開車回到家的那副表情，所以早就懷疑他的能耐。我當然覺得他聰明透頂，他是我的父親，是英雄，但這世界懂得他的心嗎？這世界能給他應有的回報嗎？兩項因素在拔河，一方是他的科幻理念，另一方是我們這輛車裡的現實時空。

他嘰嘰喳喳，講得好興奮，向我傾吐他私下研究出的一套理論。我聽了暗暗甜在心頭，因為他看重我，認為我年紀大到能幫他守住天機、願望、大計，但我

15 譯註：詳見第一〇九頁《時光機修復師的生存對策》詳述「社經層級」。

無法對著他喜上眉梢，所以只好直盯正前方，隔著佈滿塵土的擋風玻璃，看著櫥窗裡的電影海報：《回到未來》、《佩姬蘇要出嫁》、《魔鬼終結者》。全是穿越時空的故事，全能寬慰人心，但我同時也覺得困擾，為什麼這類型電影總拍得好有趣，人事地物總來得剛剛好，該來的總會到來，主角總能想辦法改變世界，又不違反物理定律。

記得那天在車上，我聽著他解釋，心思卻飄向上次我們全家進這間錄影帶店的情景，爸媽選片選半天，我隨便亂逛，在甘草軟糖和盒裝巧克力葡萄乾旁發現一本漫畫書。這書裡的故事很瑣碎，主角是一個三流超級英雄，超能力超無能，是一個令人過目即忘的角色。吸引我目光的另有其他。

漫畫書的結尾有幾頁廣告，在倒數第二頁的左下象限有個小框框，這裡有一幅長方形的廣告，長約十三公分寬約十公分，標題用粗體寫著：

時空
探險家
求生　包

不見驚嘆號，也沒有用來表示搞笑的歪扭線條，更不以圖形表示這是兒童玩具，是假的。這廣告純文字，寫得正經八百。在漫畫書裡翻到這框文字，感覺像撿到一個機密，像發現了一個別人不知道的科技，可能幫助我成為鄰居之間的孩子王，幫我爸在公司稱霸，甚至能改善我爸媽的關係。

只要五點九五美元，附上一個註明寄件地址、貼上郵票的西式信封，寄到一個遙遠的州的郵政信箱，「奮進未來股份有限公司」的好人就會寄來一份求生包——「使用方便，用途無量，能造福受困於異世界的時空旅客」。

我隱約明白這廣告很無聊。我又不是三歲小孩，沒那麼傻，但換個角度想，看看那字體！所有字都又粗又正經。這廣告編排不美觀，不能吸引兒童的目光，看起來像打字機敲出來的字，間隔不一致，像內文太多，像想法太豐富，一時說不清，非讓人知道不可，發話者好像是個聰明、寂寞的四十歲大叔，坐在遙遠那一州的自家地下室，腦筋有半邊秀斗卻好像開竅了。

根據這廣告，求生包裡有超過十七種用品，但廣告上的相片只顯示一把塑膠刀、一枚縫在衣服上的時空探險家徽章、一張科幻宇宙地形圖、以及一個看似解碼器的物品，我猜能用來翻譯異次元生物的語言。這樣算來才四件，另外十三件是什麼？我想知道。

廣告寫說，異宇宙環境艱困，帶著求生包才有機會存活。但我印象最深刻的是廣告裡的一幅小圖，還稱不上圖畫，只以簡單的線條畫了一個父親和一個小男孩，手牽手，沒笑容，從書裡的小框框直瞪著讀者，而廣告埋在漫畫書盡頭的角落。廣告沒說但十歲的我能推理的是，這一對父子倒楣受困異世界，幸好他們帶著求生包還有救。

在車上，我父親講得有點上氣不接下氣，總算講完了他深藏已久的祕密，傾訴完他最寶貝的美夢，歇口氣，車上安靜好久，我腦子裡全是以上的感想。他轉向我。

「你覺得怎樣？」他說。

我聳一聳肩，兩眼透過窗戶注視著店內的幾家人，看著他們一起選片，準備晚上捧著爆米花開開心心看電影。

「爸，」我說：「我們家很窮嗎？」

記得他見我對他的美夢絲毫不感興趣，失望的表情漸漸浮現，接著我這麼反問他。直到今天，我仍不明白自己為什麼那樣問，居心何在。我才十歲，他是我父親，我不想傷他自尊，也還不到心狠手辣的年齡，不知殘酷是什麼，怎樣才算殘酷，為什麼要殘酷。那麼小，我懂得殘酷無情嗎？存心想傷害他嗎？我當然傷到他了。也許是被同學帶壞，已經把這能力納入我愈來愈廣的世界觀裡。以話傷人的能力，或許是被居家環境薰陶出來的。每晚，我父母以為把電視音量調到最大值就能淹沒吵架聲（我父親懂物理概念，最該明白哪些東西能穿牆而過，哪些東西能在屋裡飄散），其實一切動靜全都能傳遞。這算是父母怒意不滅定律吧。怒意或許會改變形式，表面上或許會消散，但如果為整個家畫個大框框，把所有東西加進來，然後一一盤點，會發現怒氣在裡面蹦來蹦去，有些會反彈回去，有些會被屋內較小的人體吸收掉。吵架時調高電視音量，表示年幼的我聽著他們相殺，背景的配樂是《夢幻島》影集、《綠巨人浩克》或《愛之船》。

即使到了今天，我仍不知道我為何問「我們家很窮嗎？」是因為我想買求生包，向他討不到錢？我不確定。這個月討不到，耶誕節總可以吧？不然等明年。我不太清楚，只覺得不必別人教我，我就知道不能跟他要錢。一想到這裡，我就為父親難過，也有點生氣。

也許，我只想激一激他。他常冷冰冰對待我媽，態度很疏離，甚至有時對我也一樣。他剛滔滔不絕講了一堆數學、科學、科幻的東西，我從沒看過他興致這麼高昂。我想對他吐槽，看他有什麼反應。我相信我得手了。我那時心裡想，這下子他火大了吧，但我再度料錯。他發動引擎，倒車離開停車位，不發一語。

回家途中，我緊握著冰棒枝，融化後的果汁在拳頭上方蓄積成一小灘，我不敢動。他一點生氣的表情都沒有，我很意外。他只有尷尬的神色，或者說得更確切一點，他顯得洩氣。

老實說，問那句話時，我大略知道答案了。而我認為，由於我腦袋半邊是真的無知，另一半才開始逐漸明白家境的實情，漸漸明瞭我的父親、父親的工作、父親的夢想、我們家這輛車、我們住的地段，他見了我這態度才受傷，傷得很深。反過來說，這話或許刺激了他，拉遠了父子之間的距離，鴻溝持續好幾年，卻也開啟了我們之間的契機，一條管道，一個軸，一條直線，供我們坦誠溝通。

摘自《時光機修復師的生存對策》

社經層級

小宇宙31由三大區域組合而成，有時俗稱為鄰里。位居底層的區域稱為「非建制區」，區如其名，外觀與內涵並無特出之處，不屬於任何一種文類。

此層級有時雖稱為「實境」，其實應強調的是，此地有別於其他層級之處在於量，而非質。亦即，僅在程度上相異，本質上並無二致。

反之，小宇宙31高層生活富庶，居民屬於中高收入或高收入戶，也許為了追尋真我或懷舊，投注大量時間與資源去虛擬非建制區的景象，自家「實境」庭院建造得風格獨具，足以亂真，能讓自己引以為豪，並需斥資維護，蔚為此層級居民之地位表徵。

介於上述兩科幻區之間的層級以中產階級為主，人丁浩繁，生活穩定，社區林立，是為小宇宙31之樑柱。

數十年前，主事者批准非建制區「實境」家庭移居科幻區。

然而，批准後並不意味著從此經濟共榮。

儘管近年來略見改善，能成功轉型至科幻區之移民家庭如今仍屈指可數。許多移民奮鬥數十年，拚死拚活力爭上游，想尋求認同與融合，卻仍屈居此區之中下地段，困在科幻區與「實境」之交界處。

這些邊境住宅區嚴格上雖屬科幻區，外觀與內涵卻遠不及同區其他地段之行政效果，而且由於小宇宙31之先天物理缺憾對邊境區影響較大，居民故事線的結局往往流於隨機化。因此，邊境居民的整體生活經驗質較薄弱貧乏，遠遜於中產與富裕區。反過來與實境相比，實境儘管草莽，至少民心一致，但邊境區礙於其複雜、隨機、缺乏主題的本質，生活不如實境區美滿。

第十三章

像我這樣過日子的人，在市區裡常遇到很多麻煩。以我個人而言，我從事這工作已經十年了，但以這城市而言，我才離開一星期。對這現象，時光機技師無不嘖嘖稱奇，常忘記人生是一道矮窗，自己被卡在現在式，忘記自己的人生仍在市區鵠候著，納悶著本尊去哪裡了，繼續過著缺乏本尊的日子。常忘了大家都認識我，忘了大家都在想念我、甚至可能很高興見到我。

但我現在不想撞見熟人。我只在這裡待一晚就走。逝去的十年是一場空，只有公司每兩星期發一次的薪水可作為反證，可年復一年傷我爸的心。

我搭地鐵進城北區，在倒數第二站下車，在老街摸索前進，繞過一座全以鋼筋水泥造景的公園。深夜不宜進這公園。地鐵在一座小山附近鑽出地面，我踩著上坡路，一轉彎，目的地到了。

我站在垃圾子母車旁，看得見我媽的身影映在廚房窗內。現在是凌晨兩點三十一分五十八秒。在兩點三十二分，她會抬頭一望微笑。她果然抬頭看了，臉上堆著微笑。她正在洗菜。

她住在二樓。我原地往上跳，抓到緊急逃生梯，引體向上，一腳勾到外圍的欄杆，翻蹦過去。她背向我。我彎腰觀察她在廚房裡走來走去。她正在桌上擺兩人用的餐具。

「進來進來，」她說：「要不要我榨一點柳橙汁給你？」

這句話的對象當然不是我。呃，是我，但不是我。她置身於已繳清費用的時光輪迴中，一次又一次過著她選定的那段人生，在財力允許的範圍內，不斷過著同一個小時。我勸過她，我可以幫她升級，大概升級到九十分鐘輪迴，可是她只拍拍我手背說，等你「出頭天」再讓你照顧吧。誰曉得她指的是哪一天。

她走向流理臺，以盤子裝菜，端到我的位子，抬頭好像想起什麼事，彷彿意識到我的存在似的。

「嗨，媽。」有人從我背後說。她轉頭望窗外。是3D投影的我，正攀爬著逃生梯上來，和我剛才一樣。

「進來吧，」她說：「外面好冷。」

「愛妳。」投影的我說。

「去盛飯。」

我看著分身開動了，她則繼續在廚房裡忙，一眼不看我的分身，正如她一眼也不看我那樣。她只想要一個她能照顧的人，一個能讓她操心的人，就這麼簡單，這樣就夠了。我觀察著她理想中的我，理想中的我則觀察著她。她只顧著忙自己的事。

看了一會兒，我的耳朵和鼻子冷得差不多了，我才想到看錶。二十八分，正是時候。

她清走所有餐具，洗完後再開始煮飯菜，我認得這部分，輪迴即將結束。在輪迴重設之前，我輕敲窗戶幾下，以免她受驚，但她還是嚇得差點腿軟。

她從輪迴裡驚醒過來，頭昏腦脹的，不太高興看到我的本尊。我太久沒來看她了，終於來探望反而害她更心痛。短暫探望一次，只會提醒她，下次兒子再上門，將是多久以後的事。

她開窗戶，不邀請我進來。

「怎麼連一通電話也不打？你應該常打電話才對。」

「我知道，我知道。」

「我不喜歡這裡。你為什麼把我塞進這裡？救我出去啦，拜託，我不喜歡這裡。」

「媽，把妳塞進這裡的人不是我。」

「我知道，我知道。你是個孝順的孩子。」

「我才不是。」

「好吧，你不是。」

「對不起，媽。」

「沒事啦。」

「妳又不曉得我道什麼歉。」

「你都不打電話給我。」

「不是這啦。」

「不然你幹嘛對不起？」

「算了，媽，我不知道。算了吧。」

「你是個孝順的孩子。」

「我該走了，媽。」

「我知道，我知道，你有你的日子要過，沒關係。」

「我會多打幾通電話給妳的，保證。」

「你才不會，」她說：「你在這等一等。」說完她轉身，步出廚房。

我的文法是母親教的。以非母語人士而言，她的文法滿強的。她移民之後才學習英語。和我父親一樣，她來自實境區的一座小島，有他們自己的語言，一種居家用的語言。他們也講黨國在學校教的國語，所以我唯一會講的這語言其實是她的第三外語，是遠不及母語和國語的外語。

然而，儘管她總先在腦裡中翻英，儘管她始終不如我父親那麼順，她講得仍算流利。她一直不太能內化英語，誰能怪她呢？英文的時態太複雜了，她的理解永遠不太透徹，畢竟她的母語以無關時態的不定詞為主軸，和英文不是同一回事。

小時候在飯桌上，母親教我文法，給我一張習作紙，教我克漏字和動詞變化，同時忙著洗碗盤、煮晚飯、拖地板。我六歲大，七歲，八歲，年紀小，是她的小孩，仍是個媽寶，尚未進入以期望、競爭、奮鬥串成的父子軸，尚未脫離安逸舒適的母親懷抱，尚未逸出母子範疇，踏進規模較大、可自由發揮的科幻區。她是我的文法啟蒙師，所以，她也是我時序文法定律的啟蒙師，我向她學習到現在式、過去式、未來式，懂得「我跌倒，我跌倒了，我將跌倒」的動詞變化。我是個孝子，我將永遠是她的兒子。「如果沒有你，我不知該怎麼辦」的假設語氣可分為「與現在事實相反」、「將來可能發生」的兩種用法。我學到未來式，懂了焦慮是怎麼隱含在條件句中，如何交織進思想裡，如何嵌入語言和文法中。

憂慮是我母親的技師，被她用來迎戰人生機器的機制。對她而言，憂慮是一個錨，一個鉤子，能用來依附世界。憂慮是一個能供她居住的箱子，憂慮是用來規避當下的一種機制，可用來改寫往事，應付未來。

過了幾分鐘，母親回廚房，手裡多了一個盒子，擺在我倆之間的窗臺上。

「昨天在你衣櫃裡找到的。」這盒子和鞋盒的尺寸相仿，以牛皮紙裹住，紙上看不出任何折縫。

「昨天？妳為什麼溜出輪迴？為什麼去翻我的東西？」

「你已經搬出去了，房裡有太多你從來不穿的衣服。」

「媽，那些衣服，都差不多是十五年前的東西了。」

「那又怎樣？配不上你了嗎？你忘了吧，當初是你叫我買給你的，是我幫你買的。看，我這件運動衣就是你的，很合身。你有好多漫畫書，現在八成很值錢吧，不能拿去賣錢嗎？你應該賣得掉。我可以幫你把漫畫書全找出來，給你去賣，擺著多浪費啊。」

「妳沒回答我的問題。」

「什麼問題？」

「妳是不是常溜出輪迴過日子？」

「有輪迴可住，就應該知足了，你以為是這樣嗎？你幫我買的這輪迴滿不錯的，我承認，不過，你以為這樣就行了嗎？這樣就能照顧我的下半輩子，永遠照顧嗎？」

「媽，天啊，媽，拖到現在妳才跟我發牢騷啊？天啊，幹嘛不早一點講？」

「早一點？什麼時候？今天晚上嗎？去年嗎？還是你拿型錄給我看的那個時候？」

「天啊，媽。我，我很抱歉。」

「你不能久留，我瞭解，我瞭解。你可以留下來嗎？我知道你不行。可以嗎？多待一下下，不行嗎？」

「媽。」

「我瞭解，我瞭解。」

「妳知道我想多坐一下，媽。我不行，妳知道我不行。」

「好啦好啦，掰掰，別道歉了。你是個孝子，用不著道歉，好嗎？我該去煮飯了，沒事了。」

她關窗戶，轉身走回六十分鐘輪迴人生。

在回家路上，我見到一個愛娃，孤伶伶佇立在玻璃殼的販售箱旁邊，箱子空著。她是一個舊款愛娃，比豐腴型再大一號，臉蛋嬌滴滴的，常人如果瞄她眼睛以外的部位會自覺失敬，但我照瞄不誤。黑髮的她，髮型稍嫌落伍，但在這方面，最不該嫌東嫌西的人是本宅。

我本想過站不停，卻被她招手攔下。我的心被她的眼神打動了，只不過我很清楚，那一雙圓圓的東西不是眼珠。

她向我借一點小錢。

我說，借錢做什麼？

她說，最近大家都不玩她了，所以她想自愛。

我從口袋掏出一張紙鈔。五美元。

「這數目買到的時間，可能不夠妳自愛。」

「其實夠多了。」她說。討到鈔票的她顯得好開心，令我忍不住悲哀。在這地方，連愛娃也寂寞。在這裡，甚至連壞人都不再有。以前這裡有過壞人嗎？我很懷疑。人人總不停捫心自問著。我這樣做對不對？我有沒有表錯情？我心腸好到可以當好人嗎？壞到可以當壞人嗎？

同一條街繼續往前走，一團歌雲悠悠飄過，有點塌軟，但仍算完整。我快步上前去，沾到一點雲，正好聽到交響樂章的結尾，餘韻氣勢壯盛澎湃。有時候，人會碰巧聽到一段來得正是時候的音樂，就像我現在，不禁思索著：這曲子不是這裡的音樂，是天賜的樂章，是從別的宇宙掉下來的東西。聽著聽著，你會聯想到天外那宇宙，那片你從未見過卻心繫的天地，比一般宇宙更奇異更美好的那座宇宙。想著想著，你牢記樂章裡的小提琴音符，玩味著那一座宇宙的情懷，遐想著今生是否有機會前去，遐想著我們是否始終活在那宇宙裡而不自知。

回到我住處，已經快清晨五點了。艾德有點搞不清楚狀況，還是起身迎接我。我帶著牙刷和洗臉毛巾，走向走廊盡頭的洗手臺。鏡子裡的那人是誰？是我，是過去的我，是百萬分之一秒前的我，是光子的我。我刷完牙，吐出牙膏沫，使勁搓臉，抹淨市區帶回來的汙垢。這地方隨處飄散著許許多多新聞、蒸汽、愛娃香水味。在失落半城裡晃蕩一夜，頭髮難免沾染到報廢機械人的屍塵，沾染到別人的美夢或噩夢。

沉沉入睡之際，我依稀見到窗外這座支離城市的曲折天際線，見到這座小宇宙未完工的缺憾。或許是昏睡前一秒的異想吧——我敢發誓我看見了——天空的角落有一片脫皮的地方，底下另有隱藏式的一層，是個時時刻刻現在式的時空，一向都存在著。

摘自《時光機修復師的生存對策》

特別令人悲哀的便利感

本市提供之服務項目包括：

- 前女友的３Ｄ投影
- 按分計費的平行歷史觀影室

本市提供之產品項目包括：

- 家鄉偽憶（口香糖）
- 噴霧香精款的夏日往昔情懷
- 將近六千款愛娃
- 機械人酒友
- 機械人朋友，靈性高低不同

第十四章

事情發生的時候，情況是這樣的：我射中我自己。

呃，不是我自己，被我射中的是未來的我。

我能怎麼辦呢？我又拿得出什麼對策？

夜遊冷冰冰的市區之後，我的肢體因為不習慣運動而當機。一覺醒來，發現日上三竿，陽光照到我臉上，才知道事情不太對勁。我睡過頭了，醒來已經十一點十五分，趕緊把所有東西塞進行囊，一手撈起艾德，另一手攬著我媽給的包裹，匆匆趕到機棚157，也就是我目前的所在地。

時鐘顯示十一點四十五分，我衝進這座寬闊的空調空間。只剩兩分鐘。我放下艾德，他跟著我衝刺，跑過一列又一列同款式TM-31時光機，右轉左轉再右轉，來到指定的31-31-A籠，看錶：還剩十一秒。

王八蛋修理工機械人站裡面，正盯著懸浮半空中的時鐘投影，心裡倒數著最後幾秒，希望我遲到。正當我衝向我的時光機時，我看見一個人，未來的我，正從時光機裡走出來，抱著他的愛犬艾德，未來的艾德，揹著他自己的工具背包，甚至也攬著他自己的牛皮紙包裹。一見這景象，我大概是慌了，以前被百般叮嚀的須知——在科幻宇宙撞見自己該如何處置——全被我忘得精光。我掏出公司配發的悖論中和概念武器原始款，瞄準他的胸口，他也伸右手，企圖壓低槍口，結果我失準，沒射中胸部，一槍擊中他的腹部，當時他正在對我喊話，事情發生得太快，但我敢說他講的是：

「全在那本書裡面，那本書是關鍵。」

扯什麼鬼，我到現在還是不懂，連他指的是哪本書也不明白，總之他才開口，我已經扣下扳機，剎那間觸動全場警報系統，警笛聲大作，閃光四起，另有一種嗚嗚嗚的嘈雜聲，某人用權威語調宣佈著什麼，三公里見方的機棚瞬間成了震耳欲聾的回音室，艾德嚇得拔腿竄逃，因為，媽的，我剛斃了未來的我。我一時考慮去追回艾德，卻馬上看見駐警從四方走道包抄我，進退不得的我只好跳進我的時光機——跟未來的我剛走出來的同一臺。我猜這臺也算是他的吧。可惜我腦筋慢半拍，沒注意到時光機艙門只開一半，膝蓋撞上艙門的銀鈦合金框，力道之強只差沒粉碎膝蓋骨，結果整個人翻半個跟斗進時光機，動作笨拙難堪，頭先落地，同時痛得對檀美慘叫：快走走走走走走。

圖說：
游朝凱1號 = 游朝凱「現在式」
游朝凱2號 = 游朝凱「未來式」
A = 游朝凱1號將時光機停進機棚後離開
B = 游朝凱1號看見游朝凱2號走出時光機，射中游朝凱2號
C = 游朝凱1號駕駛時光機重返B事件，心知自己一旦步出時光機，必將置身游朝凱2號之處境，勢必遭游朝凱1號射殺
D = 游朝凱1號無法前往的一件未來怪事
X = 游朝凱1號在此時得知自身的某件大事
▲BC = 介於B與C事件的時段，代表輪迴「長度」

註：
•輪迴所界定的函數體積分代表游朝凱1號的人生極致，包含苦與樂在內。
•依慣例，輪迴人生定義為時光旅行者暫時撇開個人記憶以繼續前進。
•以置身輪迴內重溫往事的旅行者而言，主觀體驗到的歷時可能與▲BC的實際長度大相徑庭，例如感覺上像過了一個月，其實只過了一瞬間。

游朝凱時光輪迴概略圖

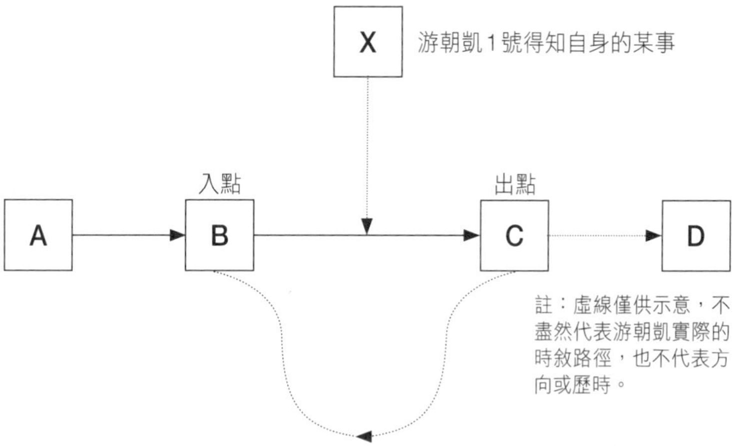
X
游朝凱1號得知自身的某事
入點
出點
A
B
C
D
註：虛線僅供示意，不盡然代表游朝凱實際的時敘路徑，也不代表方向或歷時。

β模組

摘自《時光機修復師的生存對策》

若發現自己陷入時光輪迴：

一、設法理解這輪迴由哪些事件串接而成。

二、切記：之所以卡進時光輪迴，錯誤極可能出在自身。

三、基於你自認的任何理由，與你自身互動的人是你。

四、假設你想留在當下的宇宙，你必須能一五一十複製自己的行為，以便避免不慎改變個人的過往而誤入平行宇宙。

五、確定了輪迴由哪些事件串接而成後，設法理解這些事件發生之原因。

六、盡量研判自己能否從這時光輪迴中領悟自我。

七、十之八九你不會有所領悟，只會原地兜圈子，最後悶到決定逃避，不惜犧牲性命，退出這宇宙另尋天地。

第十五章

我回到我的時光機裡。我的腿好痛，我慢慢拉起褲管，想驗一驗傷勢。

媽的，完蛋了。

大事不妙。

人人都怕的正是這一天。人生不再向前推演，現在開始原地打轉。

我被卡進時光輪迴了。

檀美勸我不要自責，她說，這種事大家難免遇到，有些人甚至自願。我說我媽不算，不能把身為母親的人算進自願群。我說，對啦人難免會遇到，不過那種人通常是動作片裡的英雄，通常有故事要發揮，像我這麼年輕的人不會遇到。年紀輕輕的，人生歷練這麼少，通常不會以這麼蠢的方式遇到。我射中了未來的我，射中肚子。

我把自己卡進時光輪迴裡了。也好，現在我可以豁出去了，反正我的路徑圖都被設定好了。

在我把時光機開出機棚之際，我看見艾德在下面抬頭看我，吐著舌頭，一臉不解。

菲爾來電了。

他不發簡訊，是真的打電話給我。他使用真人音節轉換揣擬功能，向我發話，可惜菲爾不知道他自備這功能，還以為他能講人話。

「嘿朋，友，嘎昂——才，發——生了，蛇甚麼——事？」他說著，有點像幼兒識字機的發音，有點像五歲男童在模仿機械人。

「我也不清楚，老兄。剛才我心慌了。因為我看見我走向我自己，所以心想，怎麼能讓這白癡害我卡進時光輪迴。」

「那也沒嗶——要逃命啊。這句順了！你聽見沒？我剛終於講順了一句話。你沒嗶要逃命。回——來來總部吧。」

「菲爾，你明知我辦不到。」

「當——當然辦得到。我麼——們可以一起去去喝杯啤酒，苟通溝通一下。」

「不能，菲爾。我們不能一起去喝啤酒。你知道為什麼嗎？」又來了。想想看，你自己有沒有過相同的經驗：話才講半句，就知道講完保證後悔。講得很難聽，自知應該馬上住嘴，大腦某一區的機制卻動起來，不肯讓你喊停。

「你是一套電腦程式，菲爾。你不知道嗎？你從沒注意到自己是嗎？好，我給你時間，你自己去檢查看看。」

他檢查自己的當下，氣氛僵得令人難受。有點像那天爸爸停進錄影帶店前的景象重演。

菲爾檢查完了回來，放棄使用真人語音功能。

看樣子，被你說中了。我的確是一套經理程式。嗯，我最好去跟老婆告白吧。

天啊，菲爾。我很抱歉。我不該講那種話。我是在開玩笑而已。

咦。喔。她也不是真人，是嗎？這麼說來，我也沒小孩囉？

菲爾，聽我說。我真的很抱歉。忘掉我剛講的話吧。我們一起回到我講那句話之前的時光。

我不能忘記，我缺乏忘記功能。能夠忘記一定很棒吧，是不是很棒？

最糟糕的是，菲爾為了這事完全不火大。他缺乏生氣的功能。

唉，被你說透了，大概是件好事吧。真相永遠比隱瞞好，對吧？我該走了。改天一起依約喝杯啤酒吧。哈哈。逗你玩的啦。我知道我不可能喝啤酒。到時你儘管喝，我嘛，我就做做算式之類的。

檀美擺出「微微不認同」的表情。以她的功能而言，這算兇到極點了。「瞪個屁！」我說，口氣太惡毒了，超出我心意，真的太過火了。

為了冷機，檀美進入休眠模式，留我一個人浮沉在不受時光羈絆的靜穆中。大概吧，我想要的正是排斥所有人，把所有事物都推走。我有這種習慣。真能由我作主的時機少之又少。最常見的現象是，我身不由己，被世界的故事線推著向前走，但一路上有幾個關鍵節點，時光線從節點分岔出去，能讓我自由行使個人意志，結果事情總有這樣的發展，好像我每次都傷害到親友，傷害到那些我應該保護的人。陌生人把時光機玩壞了，我會和氣對待他們；愛娃阻街向我討錢，我會和氣對待她們。然而，對方若是我最在意的人，我總以惡言相向。我媽、菲爾、我爸。

我可以怪罪這座蠢廢宇宙。在這宇宙裡，大家一直都好悲傷，連壞人都消失了，只不過，永遠沒壞人又怎樣？世上只剩我這種人，我是大魔王，也沒有英雄了，我是大英雄，剛一槍射進未來我肚子的人。

也許，我的未來想告訴我一件事：不值得來這世上走這一遭。也許，他想劃下句點。或者他可以射殺我，創造悖論，或者我可以一槍斃了他，葬送我自己的將來，一了百了。但願我能重新來過就好了，能回到我傷透菲爾心、毀掉他一生的前一刻，能讓我自己射中我，畢竟該吃子彈的人是我。不過，該來的一切總會來吧。至少我知道我會碰上什麼事。

我留意到，儀表板上多了一本書。我拿起來，一手摸摸書背。我從沒看過這本書，拿在手裡卻覺得好熟悉，好像心底早已知道內容。我把書轉過來，看著封面上的書名：《時光機修復師的生存對策》。

摘自《時光機修復師的生存對策》

第一〇一頁

在這本書的這一頁，未來的我已寫下了這幾句：世上存在著你將寫下此書的一段時光。

下一段，他接著寫了：這一切似乎很難相信，我知道。可能怎麼看都沒道理。但是，求求你，這輩子相信這麼一次就好。我求你相信我，相信你自己。

第十六章

這本銀色薄書散發著金屬光澤，具體份量雖小，拈起來卻意外沉重，彷彿在穿越時空的歷程裡增添了相對論質量，具有學術出版品（甚至平裝本）常有的密度，出奇地重，一來是因為採用重磅紙印刷，二來是用了較重的油墨，暗中為全書增添重量感。種種無足輕重的小記號、字母、數碼、逗號句點冒號破折號，數十萬個字符聚沙成塔，全被印刷機印壓進字面，力道、墨色和恆久度都稍大於預期。

看樣子，我即將動手寫這本書，而我對這書的第一眼印象是，內容既是工程師的勤務手冊，也是自傳。更貼切的描述是，我已經寫完整本書了。現在，我只需把書寫出來，意思是，我必須回到我已經寫完書的未來時空，接著回溯到自己中槍的那一刻，然後把書交給我自己，好讓我開始寫書。我覺得這很合理，但令我搞不懂的是，我又不是吃飽沒事幹，何苦做這些事呢？

一般情況下，我一聽到對方叫我相信他，我就反而難以相信他。這次，講這話的人是我自己，我的戒心加倍。但在我研習科幻學的期間，我修過一門課，主題是可能性空間的拓撲特性，課本第三章就教過一模一樣的情境：

基於相容科幻法則設定之
同調宇宙中或然率極低
卻在假設中仍可能成立的事態

事實上，那段期間，我甚至考慮以這主題寫論文，針對一個完全雷同我目前遭遇的事實模式，只憑ZF＋CH（策梅洛－弗蘭克爾集合論加上連續統假設）[16]，探討一套次要但新奇的方式，以證明這事實模式其實是：一、文法上說得通，二、邏輯上允許，三、以形而上學而言有可能。當然，未來的我會知道這一切，他也會知道我會知道他會知道這一切，所以他明白值得把這本書交給我。所以，他把書寫好，動筆寫下這幾句。我認得是自己的筆跡：

讀這本書。然後寫出這本書。攸關你的生死存亡。

檀美說，我應該把書放進時光機的讀寫器裡。她掀開我右邊一片從沒正視過的面板，裡面吐出一塊透明的壓克力磚。

她說：「這是TM-31時光機文本分析器（Textual Object Analysis Device）。」可簡寫為TOAD。

這器材簡稱「蟾蜍」？誰取的啊，我說。

蟾蜍具有鉸鏈型的書脊，能像實體書一樣掀開封面，裡面有個長方形的空洞。檀美叫我把書放進去。

封面合上後，蟾蜍縮回面板裡對齊，只看得見銀色書封和書名飄浮著。「裡面有鈦元素和難得素的強化合金奈米纖維在運作，能即時記錄你修改的所有文字。」

因此，在我閱讀這本書的同時，蟾蜍和檀美在一旁協助我複製這本書，現

16　譯註：Ernst Zermelo，1871-1953，德國數學家。Abraham Fraenkel，1891-1965，德國數學家。

實而言是由我再創新版本，而這版本其實正被同步書寫並儲存進檀美的記憶庫中。這麼一來，我把這本書當成自己的創作，敲鍵盤創作著一本在未來時空已有的書，創作著我將來會寫成的那一本書。可以說是，我正在抄寫一本我還沒寫的書；也可以是，我正在抄寫一本我已經寫好的書；也可以是，我正在抄寫一本我正在寫的書；也可以是，我正在抄寫一本我不停在寫的書；也可以是，我正在抄寫一本我永遠不會寫的書。

第十七章

摘自《時光機修復師的生存對策》

第十七章

目前，我其實正讀著蟾蜍在顯示幕上生成的文字，逐字閱讀著，不時留意到字句似乎在自我微調，有時稍微超前我讀到的部分，通常是落後我幾個字，彷彿蟾蜍能自我編輯，能盡量依我閱讀時的意識活動去調整文字。本質上，閱讀是我在發揮創意的一種行為，全被蟾蜍一一記錄下來。我同時敲著鍵盤，只不過嚴格說來，我用的是時光機裡的認知｜視覺｜運作｜音控錄音組件，從這名稱看得出這器材能同步追蹤使用者腦神經活動、語音、手指動作、視網膜動態、面部肌肉伸縮，集合鍵盤、受話器、光學掃瞄、腦波掃瞄於一身。我想打字的時候，只需舉手向前，掌心朝下，模擬著打字的姿勢，這時虛擬的標準型英文鍵盤就會呈現在我眼前。我如果想改用語音輸入，只需朗讀書裡的文字，這器材會自動切換到語音辨識謄寫系統，將我的言語轉成修訂文字。手痠了，講累了，我也可以只用眼睛讀書，這器材能追蹤眼球動靜，以接近一百分的正確度判定我讀到什麼字——判別的依據來自視網膜若有似無的上下左右小動作，然後用腦部活動資料大致比對確認，再佐以腦部語言區和概念區等大小部位的血流和熱輸出，綜合判斷我閱讀的內容。

以上三項模式可無縫切換，有時可同時運用不只一種模式，甚至三項合用也行，讓機器包辦追蹤我的語言、眼睛、思想、手指動作。如果只用打字模式，機器只追蹤我的指頭。只用語音模式時，儘管朗讀必須眼腦併用，機器不會追蹤眼球或腦部活動，只啟動受話器來記錄我朗讀的字。每一種模式單獨或合併運用都各有利弊。

目前，我併用視閱和打字兩種模式，因為未來的我給的這一本書有明顯的損傷（照檀美研判，可能是在傳書給我的行為中受損，這種輪迴的確怪），其中有些文字難以辨識。書頁有幾處受潮，有些部分經年累月受光線影響而褪色。此外，有些地方的文字被抹掉，另外有幾處——根據看似外力導致的損害研判——可能是不慎擦傷或遭重擊，似乎是撞上桌角之類極薄極硬的物體（或時光機門）。這些痕跡當中，有幾處似乎被刻意塗抹刪除，工具可能是專業筆刀等等，力求精準，意圖明顯，以割除特定字句。

我舉個例子。書裡有這麼一段以「若是」（what if）開頭的問句，接著頁面凹了一塊，紙纖維顯示曾被擠壓並用力搓揉，原本的字不見了，留下一片模糊的灰色，像是讀者或書的主人，或甚至是我在未來的某一天，想銷毀、隱瞞或混淆文意，因此整個問句只剩：

若是

從上下文或其他地方無從判斷「若」和「是」之間寫什麼，甚至「若」什麼和「是」什麼之後有沒有一個句子也不得而知。

比起失蹤和殘留的字句，更令人難安的或許是書裡有多處是全面空白（這很不合理，因為我自承沒有跳頁閱讀，怎麼會知道下幾頁有沒有空白？而目前為止的確沒有空白處。儘管如此，我仍進行著讀／寫／自我編輯的程序，盡可能忠於原文，事實上，這括號裡的句子正是照我打的字記錄下來的，照我現在現在現在現在打的字，打一些有點離題又隨性的雜言，邊打字邊令我開始嚴重懷疑自由意志對上決定論的狀況，因為即使是我照著我手裡這本書打字，書的內文和我的想法完全吻合，甚至以——有了！——這個我剛隨手或試圖穿插進來的字為例，因為我想亂加一個字，以便跳脫文本，而在我暗暗決定隨便加這字的同一剎那，文本裡也冒出有了！這字，顯示跳脫文本的企圖失敗了，我最好還是趕快收手，結束這個長句，以免愈陷愈深，陷入形而上學的死胡同）。

全書有不少空格和漏失，有待我去填充。我的自傳裡有不少空白。以下就是空白之一。*

---

* 注意：我照抄的那一本就是這麼寫的，完全一樣。內容也包括這一段註釋（也稍有自我指涉意味），包含著這第二句，而第二句本身是針對已解釋過的第一句進行二階整合詮釋。自我指涉的作用不明，僅能引我質疑此書的真正出處，但這第三句如同此註釋其他地方，也存在於我照抄的版本中，一字不漏，感覺幾乎像我命令自己該想什麼，彷彿未來的我記錄了我的意識，記錄了我的內心獨白——更貼切的說法是我和未來的我之間的對話，未來的我對現在的我說著我已經想完了卻仍未成形的想法。這概念吻合利貝特（譯註：Benjamin Libet，1916-2007，美國神經生理學家。）在一九八三年發表的論述。

另外也有這麼一大片空白。*

＊暫且假設，身為意志代理人的我面臨一項抉擇：玻璃罐A和玻璃罐B都裝有餅乾，我可以從兩罐當中取出一塊。在我評估過兩罐之後，在某個時間點，我產生一個意向，想從玻璃罐A取出餅乾，然後在稍後的時間點上，我動手伸向玻璃罐A，以遂行我的抉擇。直覺上而言，以上是種種事件發生的順序，有人甚至可能認為這太顯而易見了。

可惜不然。

在利貝特提出論述之後，我們如今知道，在我意識到自己動腦決定選擇玻璃罐A之前，我的手其實已開始伸向玻璃罐A。實際而言，在我明瞭我選擇哪一罐之前，我的手先決定伸向玻璃罐A裡的餅乾。問題在於，剛才的哪一個我是我？現在的哪一個我是我？我是「決定者我」，或是「實踐者我」？兩者皆是嗎？或以上皆非？

目前，我盡可能據實複製這本書，並根據我寫過、應該寫過、將來會寫的內容，必要時穿插一些東西。結果，我不太確定我現在抄寫出來的內容會不會百分百和原書雷同，能不能和受損前、刪修前的原書一樣。能恢復原貌嗎？我很懷疑，現在或未來都一樣。然而，我的任務不是釐清疑點或創作，因為就這本書而言，書已經創作出來了。我不知道結局是因為——如我先前所述——我一面讀、一面打字。這本書來自虛空。書中的資訊是透過我的演繹和記憶而自發生成的。

在此聲明一下，時光機上的檀美內建一套真偽辨證器（Plausibility Verification Unit），我已用辨證器證實未來的我講的是實話。這本書、書的存在、書的創造，全屬於因果輪迴的產物。這本書來自虛空，無特殊出處，創作者卻是我。

檀美對我說：「這本書是一個複製品的複製品的複製品的複製品……句子無限長，如果要我一直講下去，請告訴我。」這書是某個尚未存在的物體的複本。是一本自我複製之書。

就某種層面而言，人生是你和未來的你在長談，雙方詳細探討著來年你將如何辜負自己。

我一方面是這本書的作者，另一方面只是這本書的第一個讀者。我在寫書的同時也在讀書，邊讀邊打字，同時也在思考，任意切換三種輸入模式，主動也被動吸收訊息並創作。這本書分分秒秒契合我的意識產品，連意識空檔也一致。即使在我試圖填補空檔、在我得知狀況之前逕行詮釋個人事蹟的同時，我也在認識自己的將來、自己的現在、自己的過去，我也首度看見這本書，逐字閱讀，藉由眼睛、手指、大腦、語音的感官數據加以複製，也親眼看見實況，同步解讀這則父子再三改造時光機的故事，這一則未來的我親交給我的故事。

我一面寫這本書，一面編輯著，邊讀邊寫，現在我重複著自己的說法，即使寫作過程中發現瑕疵，甚至可能前後矛盾，我卻只能繼續往前走，看它能帶我走向何方，我只能向後退，看它能帶我走向何方，我只能讀它，看我父親會遇到什麼事，看他有過什麼樣的遭遇，看我們有過什麼樣的遭遇，看看我現在的想法正不正確，看看我會怎麼想，看看我能不能從他的人生裡領悟出什麼道理。父親是時光旅人，兒子就應該為他立傳，為他寫一本科幻傳記。繼承到一堆龐雜無序、亂無章法的草稿，兒子應該擔任他的遺作執行人。兒子都幫父親做這些事，都善用父親的時光機和內建的科技，看看能不能把草稿拼湊成一篇故事，拼湊成一段人生，拼湊成一本人生故事集。我隱約認定這說不通。我不知道下一個步驟是什麼，我不知道如何收尾。

摘自《時光機修復師的生存對策》

閉合時態曲線中的殘餘物體

在任何連貫的時光輪迴中，有些物體在輪迴裡生成，存在於輪迴裡。常用的例子是假設性的《來自虛空之書》（*Book from Nowhere*）：有人帶著一本書，回到過去，送給自己，要求自己盡可能忠實複製這本書。後來，這本書出版了，上市後這人買到書，坐進時光機，再從頭繼續輪迴。這本書雖然看似來自虛空，卻是確切存在的實體品，物性堅定不移。

較難以確定的是，人類的記憶是否也循同理運作。

第十八章

「不如我現在乾脆死心吧？」我問檀美。

「我覺得運作方式不是同一套。」她說，但我看不出為何行不通。我人生裡有個「再也不關心」年代，今天應該是元旦，不是嗎？我可以乾脆待在這個時光輪迴裡，日子周而復始地過，因為反正最後我會走到我知道會到的地方，隨他去吧，再也無關緊要了。今天是結局的初始點，或第一章的最後一個句點。我殺了我的未來，我是我的未來，我即將回到過去，重新來過。很嚴謹的一個輪迴。

「咦，輪迴有頭有尾，不是嗎？走過一回，總該留下紀錄吧？總會殘留一些記憶吧？每跑完一圈，次數應該會加一吧？我跑過多少圈了？一百圈？一千圈？有沒有從中學習到什麼教訓？我人格有沒有進步？」

檀美說：「我的紀錄顯示，現在是第一圈。」

我跑過這輪迴幾次了？檀美說只有一次，她說她是頭一次踏上這條路。就算這是時光輪迴，現在這圈是頭一回。

我說：「妳騙人。」她提醒我，她不具備說謊的能力，我這才發現她的回答說得通。如果這輪迴裡的事件組合每次都一模一樣，她無法辨別哪一圈是哪一圈。對她來說，輪迴只是同一組事件發生在同一段時光裡，沒有戳印，沒有計數器，沒有內態反映器能一一記錄每一圈留下的印象。我從她的回答得知，她的記憶不是這樣運作的。接著，我從我剛得知的事領悟到：我的記憶也不是這樣運作的。我無從得知自己卡在輪迴裡多久了，永遠不得而知。我只在輪迴裡兜圈子，一圈一小時、一天、或一生，都有可能，每一圈都和上一圈一樣渾然不覺，每一輪都和第一輪同樣害怕。

自己陷入時光輪迴，被動觀察著輪迴的紀錄。我何必被動觀察呢？何不化被動為主動，何不直面遠方，直面我被驅動前往的方向，直入核心，直入心臟地帶，直入他的心、真相、結局。最重要的不正是結局嗎？我何不乾脆切入大結局，說出我最後一句話，大局不就底定了嗎？現在時光和我想去的時光之間有一條緩衝帶，相當於外殼、保護層、封套、果肉、容器、文字。有誰在攔我？就我所知是沒有。我讀著寫著「創作著」管它什麼著的這一本管它是什麼的東西，沒人禁止我現在就翻到最後一頁。這本書，這本自傳，這本自我指南手冊（自我脅迫手冊、自我創作手冊），時光機的這一組操作參數。這個空間用來進行設計並操演一套時敘實驗，目前為止卻顯得構想粗糙而不夠明智。

反過來說，假如我跳到最後一頁，又會怎樣呢？把中間那些撐頁數用的東西全砍掉吧。再怎麼說，我的分身曾告訴我，我是它的作者。管「它」是什麼鬼。我是它的作者，也是它的唯一讀者。

跳到最後一頁會怎樣呢？我想瞭解一下。我想知道我能不能跳脫出這裡。我想知道我有沒有機會和父親重逢。和母親重逢。我想知道我的人生是不是就這樣走下去，一直走到戛然終止的一天。

檀美說：不好吧。

蟾蜍說：不好吧。

我按下指令：前進至最後一頁。

第十九章

不妙。指令一發，我立即感受到時光機的四壁全顫動起來，震度輕卻有感。

我按一個鈕，艙門降壓。我打開門。眼前的景象是：

（本頁刻意留白）

現在，TM-31時光機震動了，起初只輕輕晃，接著震度加強，宛如一部失衡的離心器，指示燈紛紛閃爍起來。

檀美以不慍不火但略帶憂慮的口氣告訴我，我剛設定的是「不可算路徑」。

我剛才腦殘了嗎？因為，老實說，我連我能如何處置我自己都不太確定了。即使人可以跳到結尾，隔天我的所作所為，跟先前所有日子的所作所為又能有什麼差別？跳脫了輪迴的軌道，我又能做出什麼奇蹟式的變革呢？隔天我會選擇如何改頭換面？再隔一天呢？之後的所有日子呢？

現在，時光機搖晃得很厲害。檀美的語調從略憂提高至輕微警覺。我搞了什麼飛機？靠！完了。我把「時光機基礎電路學」還給老師了。蟾蜍的分析算式被我這麼一置換，導致蟾蜍和檀美之間的因果線路短路。我恨我自己剛才一時考慮不周。

（到了這階段，不時微微抖一下的時光機愈晃愈嚴重，震動的頻率想必產生了共鳴效應，因為整架時光機開始大地震，相位失調模組的保護殼鬆脫墜地，裸露出一小部分的機械臟器，隨機生成器裡的電線和二極體頓失所依，等著災害降臨，等著被數據壓垮，等著全世界的數據排山倒海而來，靜候著代表世界的數據，靜候各式各樣的世界的數據，靜候著過去可能式、現在應該式、與過去事實相反的假設式世界，以設定精準的超高敏探測器才可偵測到的隱藏式小型世界。

接著，什麼都沒了。

第二十章

睡醒時，我置身一座大佛寺裡。現在我站在玄關，通往一間看似主殿的地方。這裡的空氣涼爽，焚香的氣息撲鼻，環境幽暗。門縫透入的微量日光有如擅闖祕境。

這裡沒有時鐘。

兩道木欄隔開玄關和主殿，木欄中間有個入口，兩旁可見他人留下的鞋子。這裡備有藍色小拖鞋供信徒換穿。裹著中筒襪的我也穿上拖鞋，涼意蒙上我的腳趾表面和腳丫外圍。

在多雙拖鞋之中，我看到一雙老舊的褐色男用西裝皮鞋，有點眼熟。

大廳呈長方形，我站在最外圍，在一張感覺好像有兩平方英里那麼大的深酒紅色地毯盡頭。大廳的最裡頭有三座平臺，供奉著三尊佛像，佛眼視線穿越我頭上，端詳著無限遠的地方。說「端詳」不太對，我想，應該是「觀」。

左右兩邊各有通往側廳的門道，每殿各供奉一座菩薩，分別能保家護親、度化劫數、記憶永留。除了最前面的佛像，除了附屬於祂們下方的小神像和牆上幾幅畫之外，全殿空無一物，看不到俗世的物體。我踩著一片厚絨地毯，穿著拖鞋的腳丫可說是陷入絨毛中，也可說是漂浮在地毯表面。拖鞋加深了沉浸殿堂中的感受，不接觸任何東西，卻也深植其中，幾乎連腳帶鞋依偎著絨纖維，彷彿自身、本我直接被普世溶劑溶解了，變得純淨、透明、無臭、無味、無形、無重，不是氣態、液態、氣態卻又三態並存。感覺上，我變成一炷香，愈燒愈短，化為一陣陣煙，隨即與室內環境合一。我的念頭平常糾結成團，裹在紗布中，堅決、急迫、不耐煩，無時無刻活在——我現在才恍然大悟——全年無休的緊急狀態中（彷彿「非戰即逃」的進化本能亂了方寸，鬧得我每天早午晚隱隱恐慌著，滿腦子是喧擾不休的雜念）。這時候，忙亂而瑣碎的念頭一個個傾倒，顯露出真面目；全是反覆出現的同一個念頭。真相明朗化後，這些莫須有的雜念、虛念、非念、偽念、迷因、病毒、腦神經白噪音訊號，頓時消散一空了。

變得好安靜，是我從未體驗過的靜謐。彷彿「靜」是一種物質，密度很高；彷彿這物質黏稠似膠狀液體，盈灌我腦中。欲即苦[17]，這是一套簡單的等式，也是嘹亮的口號。然而，這口號一翻轉，寓意多了一分寒意：苦即欲，不再像欲即苦，不再是一支單向性的箭頭，不再有因果關係。欲望就是苦海，因此這格言表示苦海**正是**欲望。叮的一聲。有人搖了一下鈴鐺。我東張西望，看誰在搖鈴。八成是尼姑或和尚吧。但是，那鈴鐺似乎無人自搖。叮。叮。叮。鈴聲具有澄明的作用，甚至有淨化的作用，掃除了殿內所有念頭，一切歸零。我帶著雜念走進來，汙染了環境，如今髒東西全消失了。母親出現在我前方，不知為何，我絲毫不感詫異。她只是我母親的翻版，站在殿前，離中線略偏一旁，雙手握著一炷香的尾巴，以食指和中指夾著，舉至額頭，微微彎腰。

我的親生母親，我所知的那版本，她身材嬌小，是我認識的人當中最能愛得毫不設防、毫不掩飾的一個。我在時光機裡孤伶伶住久了，喪失了難為情的能力，但我母親與生俱來的能力裡少了難為情這一項。她會以特有的嗓音要求你獻溫情，嗓子嘹亮、澎湃、無修飾、無盡撒嬌、赤裸、纖細而開放。她縱容自己幾近魯莽地顯露脆弱的一面，令人忍不住討厭她如此自我縱容，同時也恨自己屈服

17 譯註：Desire is suffering，作者靈感源於佛教四聖諦。

於她，卻又心底一反恨意，忍不住愛她。她不是心地最善良的一個，也不是最樂於施捨的一個，也不是最親切、最懂得體諒、最明智的。她善妒，翻臉如翻書，個性莽撞。我從小到大看她深陷憂鬱之苦。在她十一歲那年，她的弟弟胎死於我外婆腹中，在世時間是零，長方形小墓碑上的生辰忌日同一天。過了兩天，我外婆因併發症而過世，但說穿了是哀慟致死。我母親從此哀慟一生，儘管如此仍全心全意愛著我父親，以一整顆心去愛。她的心是一套架構，一個向量，一個電源，能被導向幾乎任何一個目標，再不值得愛的目標也行。「全心」的詞意空泛，卻也正確而精準。她用心去愛我父親，不用頭腦，不用語言，不用思想、意念、感覺。一般人借以傳愛或情的載具、物體、器材，她用不著，她用一顆心作為導體，用來傳導愛，由衷的舉止不比重力、時間、時光旅行、或科幻定律更為隨意。

我的母親跪拜完了，把香插進一個陶製大香爐，爐裡滿是檀香木線香的香灰，積累了一千支、一百萬支、一億支留下的香灰，層層相疊，具體成形。香灰質地細緻，像滑石粉，軟綿綿的灰粉，線香被她戳進香灰堆中，剛直不阿。她似乎冥想了一陣，看著這支纖細的標記，單薄而直挺，是一條軸，是求佛的管道，是一件物體，以這道程序將線香化為灰燼，融入四周，變換為有形和無形物質，自我轉變為熱氣和煙霧，充溢著室內。當前的這支香即將燒成能扶持它直立的灰燼，將來更能扶持後進矗立不傾。起先在無香灰的階段，每一炷香無法獨自站立，僅能在前輩義助下實踐本身的功能，如同時光一般，分分秒秒化為過去，形成往昔，為現時撐腰，傳輸著每一炷香附帶的禱告，釋放出內含的祈禱，香只是過渡式的載具，任務完畢後自我解放至空氣中，身後僅留下香氣、煙霧、一去不回往事的渣滓，同時也成為空氣的一份子，幫助現有的線香焚著燃著，緩緩燒成一片虛無。

這位女子轉向我，我一眼看得出她的長相和我母親一模一樣，但她不是我母親。她是「與現在事實相反版」的理想母親。

她不是「原本可以版」的母親，「原本可以版」的女子不盡然像我母親。以任何一位人母而言，以隨便一個人來說，「原本可以版」多得是，可能多到無限多。

站我面前的這女子是獨一無二的「理想版」母親，而我找到她了。在尋父的過程中，我反而找到這女人，我以時法式穿越時空，跳脫尋常的時態軸，進入這地方，進入假設法模式（subjunctive mode）。

女子轉向我，無笑意，幾乎全無表情。我領悟到，這位與事實相反版的母親是柏拉圖式理想中的母親，而這想法生成的同時卻也激怒了我。這座廟是誰蓋的？憑什麼說我的母親——事實上的那位母親——不是完美版？從我眼前這女人的臉上，我看不出她內心的波濤，她表情猶如冷冷的一潭止水，象徵著鎮靜、至福或安詳。如同我的真母親，這女人也信佛教，但我母親恪遵教義，長年打坐並研習佛典，緩和思緒。這女人原本身陷焦慮、煩躁、憂鬱、長年按捺哀慟、時悲時喜的循環，現在終於掙脫桎梏成佛，找到我母親遍尋不著的心寧。在我心目中，我總認為，我母親只要能掙脫心靈框架而出，就能成為這女人。

我站在一個全然陌生的人面前。在任何時空中，任憑任何事件和任何機緣排列組合，我都不可能認識這女人。她純屬假設式。

「我認識你嗎？」她說。

這是我的母親。

這不是我的母親。

鈴鐺叮一聲。

叮。

柵欄口的那雙皮鞋是誰的？我記起來了。是我父親的皮鞋。他跑來這裡了嗎？他獨自窩在車庫裡的那陣子，是在打造一架能前進這寶殿的時光機？

這裡面不見時鐘，因為這裡沒有時光，因為這座寺廟、這殿堂就是這麼一回事。在科幻地球上，我母親在她自選的時光輪迴裡打轉，而這女人和她正好相反。這女人是我母親的理想版，永遠待在這裡，生生世世存在也不存在於這座非時光寶殿。

這地方本來靜止不動，現在竟震動起來，像在旋轉。這是什麼？這裡是什麼地方？根本不是建築物吧？這裡真的是我父親蓋的房子嗎？我是不是掉進了一個概念祠（概念寺廟）？

理想版母親轉向我，原有的慈眉善目不見了。

「這是你應該來的地方嗎？」她說。我嚇壞了。她是個六十歲的女人，長得和我母親如出一轍，我卻被嚇成這樣。我原以為她表情至福安詳，現在她整張臉凍結出一副凶相，眼神如階下囚般死氣沉沉，不再是人，而是一個永生困守寺廟的概念人。

「我只想瞭解一件事，」我說：「他是不是在這裡？」

「曾經。很久以前的事了。」

「他去哪裡了？」

「我不清楚，我只知道他沒有得到他要的東西。他以為他想追尋的是我，見到我卻口口聲聲抱歉，反覆講個不停，說他料錯了，說他非走不可。」

講到這裡，女子的神態若有似無地軟化，似乎完全不勞動面部肌肉，凶相漸漸緩和而成淒涼狀。

「你願意當我的家人嗎？你願不願意留下來陪伴我？」

我拔腿就跑。這反應顯得很殘忍，沒錯，但我不想被關進這裡陪伴一個詭異版的母親。她不是我的母親，而是一個被棄守的概念，一個沒有心卻照樣寂寞的人。我誠心盼望她能找到伴，盼望她總有一天脫離這座廟，找到一個同屬假設式理想版的人共享天年，恕我無法奉陪，因為我有個血肉之軀的生母等著我供養。我的母親雖然不完美，卻是個現在式的母親。或許我只是在自圓其說，但我好久沒想到有人需要我，我該對別人盡些義務，我有人子的義務，也肩負修復時光機的職責，能協助客戶脫困。儘管修車工像是無聊的低階低薪工作，但有人依賴著我，例如我媽和菲爾經理，例如檀美和艾德。要是我沒撞見自己、沒對自己開一槍、沒掀開這本書、沒任性跳到結尾，我可能不會掉進這座廟，不會看見這情景，不會領悟到，照我的作風再走下去，人生路會走進一個死寂無風、浮沉於時空的地方，誤闖我爸建造出的一個構念。以我的老方法過生活，我勢必一生過得孤苦，顧影自憐，恨自己為何不多下點工夫，為何不理會那些看重我、勸我努力的人。我拔腿找門，隨便什麼門都可以。廟的東北角有一扇門，鎖著，我抓住門把，使盡力氣狂扯。踹門吧，我想。在這麼僻靜的廟裡踹門太扯了吧，但我走投無路了。我抬起腳底，正對門把正下方，用力踩下去。這門不是普通的木門。照規矩來吧，傻瓜。是誰在唸我？叮。要我一個字一個字慢慢講給你聽嗎？哼，是誰在整我？叮。是佛祖嗎？是不是佛祖在對我喊話？沒人在對我喊話，是我在對自己喊話。我不是在我自以為置身的地方，我是在別的地方。這不是真的，也不是假的。這宇宙不再是個良善的宇宙。叮。

接著我回想到：那本書是關鍵。我自己對我講過。我知道自己用得著，給自己這個線索。有解了吧，對不對？那本書能教我如何脫身。這裡一定有一道密門！太酷了！被我猜透了！我太聰明了！簡直像我個人專屬的歷險記。甚至有科幻的調調。

麻煩只有一個。我四處找不到時光機。我的腦筋好像不太靈光。我差不多是白癡一個。我並沒有穿越時空來到這座廟。這裡不是過去式或未來式，而是假設式。所以時光機才不在這裡。

我在大殿裡抄捷徑，跑過大佛像前面，撞翻大香爐，激起濃濃的香灰飛散全殿。我也撞倒了鈴鐺座，超大的叮聲頓時刺耳欲聾，直鑽腦髓核心。光線被香灰蒙蔽了，過去式的線香產生迷霧，妨礙我視線，這可不是比喻的說法。我摸索著另一個門路。鎖著。我呼吸困難，喀喀咳起來，摀嘴不想被香灰噎死，但香灰仍從鼻孔攻佔肺葉。我甚至不願去思考那個偽母親在哪裡。她在我後面吧，走路慢吞吞，像電影裡的殭屍。我踹這道門試試看，沒效，改用全身去撞門，也沒效，門不動如山。我好害怕。在佛寺裡，有什麼好害怕的？人能想像得到的場所，佛寺大概是最不恐怖的一個吧。那我在怕什麼？怕被困在這裡嗎？怕自己想待下去嗎？怕一切變成虛空？怕虛空嗎？不管了，先逃出去再說。好，動動腦，動腦筋去想。我是個白癡，這門不是尋常的木門，根本不是實體的門，而是一道形而上門。這是一道時光護欄，或邏輯護欄，總之是撞踹不破的障礙物。我成了這箱子的禁臠。從小到大，我一直在入箱出箱。我太常拿箱子做比喻了，甚至連箱子這概念也成了一種箱子，成了一道字障，阻撓我換其他名詞來比喻。我置身的這場所是我父親打造的，是他對人生憧憬而出的構念，以意念構築而成，位能來自蓄積四十年的挫折感。**這地方**充其量只是一個抽象框架，包住一個虛無場域，框住我爸的純淨化意念。然而，他來到這地方卻又想離開，所以我現在才掉進這裡嗎？難道他想帶我參觀這地方？所以我才陷入時光輪迴？他是想叫我來找他嗎？我一面思索著，一面以肩膀撞門，門終於開了，我奪門而出，衝進虛空，接著發現整個人成了自然落體，驚叫著，帶有些許哭嗓，但多半是驚叫著，墜落墜落墜落。

現在我又在哪裡？

你在兩個故事之間的間隙矩陣中。

誰在講話？

你。

是我嗎？咦，我是誰？

你是你。

白問了。喂，認真點，我們在哪裡？

我們在接駁機裡，我正要帶你回到故事場域裡的原地。

（我搭乘的這架不是時光機，而是較大型的一種交通工具，較寬敞、通風、透光。這裡面很乾淨，全是黑白陶瓷製品。像蘋果公司設計的太空船。）

我們正在搭公車？太空公車？

比較像太空電梯。名稱是鮑曼[18]傳輸系統，整套電梯的體系龐大，能在十次元時空裡四面八方縱橫，有些是幹道，有些是支道，有些是終站。

像人腦一樣吧？

可以說是。

或者像公車？

隨便你。

（舒緩的氛圍音樂播放中，除此之外無聲響。空調感覺很涼爽。剛才在廟裡熱得臉發燙，現在我用冷冷的窗戶冰鎮。）

18 譯註：Bauman，並無特定指涉。

哈囉你好。

我還在。

你是追溯修訂的，對不對？這一架是追溯修訂接駁機。

答對了。

可以去幫我載艾德來嗎？

好，誰是艾德？

我養的狗。

我的紀錄上沒寫狗。

嚴格說來他並不存在。

你養了一條追溯修訂狗當寵物？

對。

（司機在自己的長褲上按個鈕，說著：去接那條狗過來……對，大概被我們漏掉了……等一等，我確認一下。）

你的狗長什麼樣子？

米克斯，棕色，臉長得像爛糊糊的麥片粥。

（司機對著自己的胯下傳達狗的特徵。過了大約十秒，接駁機停住，門打開，艾德走進來，在我身邊趴下。我向司機道謝，伸手向毛茸茸的狗脖子，用力搔幾次。）

為什麼我正在被追溯修訂？我死了嗎？

不是。你剛去了一個你不該去的地方。

我自己的未來？我的虛無未來？

對。

什麼意思？這表示我沒有未來嗎？表示我死了嗎？

我不太有資格回答。

討厭，搞什麼神祕。

謝謝你，我盡力了。

（接駁機在某種色彩空間裡穿梭著，在銀河尺度的電梯井道裡疾行，上下左右有其他電梯井道，紅藍綠的長管子在鮑曼矩陣裡蛇行，觸角和媒介體伸向四面八方。

（行進時，隔窗我看得見各故事樓層的邊緣，有些太空歌劇的佈景華麗，彩光繽紛，有些格局較小，一簇簇孤立著，是黯淡無聲的私房小故事。小宇宙31這麼大，我現在才知道，超出我的想像。）

別怪罪你自己。

怪罪什麼？

就你一臉愧疚的原因。

不然我能怪罪誰？

交給你那本書的男人。

那人是我自己啊，未來的我。

才不是。

我明明看見他了，他長得跟我完全一樣。

你以為，長相就能界定自我？

不對。對。

有人給你一本書，對你說，這本書將是你的人生寫照，你聽信了。你不曉得他的居心，甚至不知道他是誰，卻乖乖照他的指示去做，只因為他長得像你？聽我說：他要求你做的是什麼事，你好好思考一下。

照著故事內容行事。

結果故事有什麼作用？

害我跳到最後一頁。

你是一個自相矛盾的悖論。

我是一個自相矛盾的悖論。

你的人生是一大悖論。

沒道理嘛。

對。你猜猜我是誰。

我。

答對了。

你的長相一點也不像我。

又扯到實體宇宙了。你究竟以為自己是什麼？你究竟以為這裡是什麼地方？你想講故事嗎？幫你自己再造一顆心吧，最好是兩顆，有了兩顆心，你把第一顆砸爛。很噁心，對吧？心臟被打成血淋淋的一團爛糊。你看著爛糊，想看出一個道理，卻發現看不出道理，因為沒有道理可言。你可以叫電腦列印一張你從小到大講過的所有謊言，問你自己，你真正見識到的宇宙有多少？照照鏡子，你敢確定你是你嗎？你確定你沒半夜溜出自己身體，被別人附身，自己或過去式現在式的自己都沒發現？

（這時候，他按下一個按鍵，接駁機的尾牆不見了，我背後的所有座位也全被轟爛脫落，剩下我坐在光著屁股的相對論式電梯後面，在軌道中狂飆，以我猜是光速四分之一的速度飛奔。我的鞋跟快成了被磨到剩兩公分半的純能量，我發現接駁機的隔音效果特別好，外面的真實世界多麼聒噪，摩擦力多麼喧囂，毀損力多麼嘈雜，聽起來多麼像是眾星體大合奏天籟，但也像建商正忙著開天闢地，既建築也拆除，兩者皆有，吵得我受不了，而司機繼續講著話，不吼不叫，語氣相當輕柔，映進我腦海裡，像旁白。）

（司機揪住我的脖子，不是用來恫嚇我，只是稍稍抓住而已，把我當小嬰兒看待，支撐著幼小的脖子。我沒有仔細看他，但我這時發現他長得有點像我。只比我多了一分強悍。也多了一些鬍子。假如我駕駛了一輩子接駁機，而不是在冷暖氣都有的技術支援部坐辦公桌，我也會有他那副長相。他抓住我的頭，推我向前，強迫我看窗外的世界。）

你給我聽好。你想不想找到父親的下落？

（我勉強擠出一個回應）

想。

既然想，現在問題出在哪？

我不知道。

出在你的故事啊，傻呆瓜。

你認為，這故事是我的？

不然是誰的？你是不是《時光機修復師的生存對策》的作者？勇敢承認吧。

可是，作者不是我啊。那是未來的我。

那是未來的我，那是未來的我。聽聽你自己的口氣，講得像白癡一樣。你以為你是誰？假設一下，有個版本的你能看清一切。版本很多的時候，各版本會互相干擾，會想作怪，會想刪除東西，而能看清一切的這版本知道這些亂象，知道其他版本會想染指鍵盤活動紀錄，想亂砍所有版本的存檔，有些是不完整版，有些是刪除版和重寫版。所有的更動全被刪。自身裡裡外外的事實全被刪。我們把自己敲碎成好幾塊，以便欺騙自己，對自己隱瞞事實。你不是你。你心目中的你不是你。你大於心目中的你。複雜度大於心目中的你。在所有版本的你當中，唯有你這版本才是你。你比你觀念裡的你更多也更少。你有一百萬個版本的你，有半兆。每個粒子、每一次量子擲幣[19]都是你的翻版。想像一下，你的版本數量豈止不計其數。你並不是總是為自己著想，這是事實。你是你自己的知己，是你自己最險惡的仇敵。有人跳出來，送你一本書，說這本書代表你的人生，你不能相

19 譯註：Quantum coin flip的引申，原指運用量子力學原理進行的加密技術。

信他。他可能代表你的未來，也可能不是。唯有你才曉得怎麼到達目的地，唯有你才曉得你該怎麼辦。想像一下，世上有個完美版的你，在無限多的你所組成的汪洋大海裡，唯有一個是十全十美的你。那就是我。我鄭重告訴你：你是唯一的你。這道理懂了沒？

不太懂。

（這時他再按另一個鈕，我的安全帶咻的一聲消失，座椅也裂解了。就在我即將被拋離接駁機的前一秒，我雙手抓緊前座的椅背，死握著不放。）

另外，你不是有個作業系統嗎？你應該好好對待她。你愛她，對吧？你對她的態度卻有點兇。你應該跟她告白，趁你還有機會，趕快告白。好了，回去過你的日子吧，不要再像個小孬種唉聲嘆氣了。好好做個男子漢，去找你的父親，對他說你愛他，然後放他走。接著去找你媽，吃她為你煮的菜，稱讚說好吃。然後去娶那個你一直沒娶的女孩，叫什麼名字來著？

瑪莉。她不存在。

你的狗也不存在，你還不是照樣愛他？在這種世界裡，沒有不可能的事。你這個白癡，去娶瑪莉吧，過著腳踏實地的生活。為自己再造一顆心吧，再造兩粒卵蛋，有心也要有種才行。

（他離開駕駛座，走向我的位子，在我面前站定，用力呼我一巴掌，接著對我的另一邊臉再賞一巴掌，然後抓住我肩膀，把我當成嬰兒猛搖一搖，對準我的嘴巴狠狠親下去。呃……好詭異。我比這更詭異的經驗沒幾個。不盡然是亂倫啦，因為我不知道他跟我有無血緣關係。只是心裡湧出一股違和感。雖然這一吻完全稱不上爽，卻也不盡然不爽，有點像小時候找不到對象練習接吻功，自己這麼一練才發現，欸，我的嘴巴能吹熱風，能嗅到自己的口氣，很難聞，我是個張著嘴巴呼著熱氣的青少年，就像所有張著嘴巴呼著熱氣的青少年一樣。接著他說，我愛你，這麼做是為了你好。說完，他再對準我臉頰補上一巴掌，按一個鍵打開接駁機門，粗暴地推我下機。我下降下降下降著，似乎毫無止境，心裡揣測著會不會一路見到一堆故事，全是故事，往下降到最後見到的清一色是故事。）

（外面。在接駁機外面，在我的時光機外面，沒有時態操作儀，沒有語法排檔，四周全無器材。孤身在外。孤身在這裡，成為另一個無拘無束的物體，另一個故障宇宙裡的一份子。下一秒，我會往下掉。再下一秒，我又會再往下掉，但從機外的這裡，在一秒和下一秒的空檔，時光機看起來像一座電話亭，像一座淋浴間，像一個籠子。我從這裡一目瞭然，知道蝸居時光機十年的景象，知道終生被時光機推進的情境。我看得見我始終在時光裡動者恆動，執著往事的我永遠無法把自己投射進未來，一直摸索著，一直抓不住游絲般的當下。有這麼一瞬間，在這一個非瞬間裡，我能靜止下來，靜止在時間軸上方一寸的半空中，能掃除腦海中的存在論雜訊，能俯瞰大局，能依稀聽見，能依稀辨識原始的聲響，背景的人聲，依稀記得我一直想不起來的某件事，而就在往事即將浮現的那一剎那，就在思緒即將凝結成形的當兒，無預警地卻又消散了，而我明白自己不能在這空間裡久留，下一秒很快就會來臨，已經來臨了，就這樣，記憶中的記憶中的記憶中的聲響不見了。）

（接著，我又往下掉，艾德在我旁邊，一起往下掉，即將墜落在時光機頂。我的胸骨可能被摔碎了，哎唷。勉強打開艙門，爬進去，啊……檀美，啊……艾德。然而就在這個瞬間，我看見了，一道記憶走廊，一連串的箱子，一條無止境的長廊，一座活動式的西洋鏡，沒有天花板，沒有第四道牆。這是父子軸，如果我專注在線上任何一點，就能看清一段往事。如果我鬆懈下來，宏觀一切，父子軸看起來像情緒、顏色、氣息、聲響綜合而成的粗略印象。我們低飛接近中，角度不偏不倚，滑進父子軸，正好降落在某段記憶裡。）

γ模組

第二十一章

「我們來到你的童年，」檀美說。

艾德察覺情況不大對勁，抬頭上下左右嗅一嗅。

「接駁機怎麼讓我在這裡下車？」我說。

時光機外的景象近似一座水族館，非常大，非常暗，前後左右極目所及都是展示水箱，看不到原始鯊魚，也沒有發光水母，每一個水箱裡的物種全是我，九歲的我，十四歲的我，宛如私人博物館非開放時間的情景。時光機帶著我們飄過一件往事，我覺得眼熟，看得心情七上八下。

「你是在做——？」想詮釋這一幕的檀美講到一半，「喔。」

這段記憶是多年前某天下午，我熱汗淋漓，全身像著火似的，著魔了，因為我剛發現父親收藏的一疊《閣樓》雜誌，急著翻閱，想把所有豔照存進記憶庫，想把裡面的擺拍全封存進腦海，好好善用這筆橫財，這顯然是我在特別愛護一九八八年七月那一期的時刻。

「看到這一幕，我算是對你多了一層認識吧。」檀美說。

「閉嘴啦。閉嘴。」

美好的回憶，不好的回憶，全陳列在這道長廊裡，有些很丟臉，有些是意外事件，甚至有幾件小成就，每一幕都像行動劇，都像深海生物默默動作著，臺上臺下之中隔著具折射性的黏稠介質，也就是歲月。有些顯得昏暗朦朧，有些相對清晰，卻沒有一幕是絕對清晰，頂多只稱得上隱隱約約、只有輪廓、只有情緒、只有迴音，只是在最深最暗的海底重溫的一份印象。

在記憶長廊裡的另一幕中，父親和我在車庫裡。檀美和我站進這一幕，隱身車庫裡，隔著「防憶」材質的玻璃箱，觀望著父子互動。感覺上，外觀上，我都像與這對父子同在，像我正站在父親和童年的我面前，也像他們能以眼神回敬我，視線不是穿透我，他們像是在沉思時光旅行的理論，正定睛注視著未來。可以說是，也許他們確實是在凝視我。我回想那陣子在車庫裡，父親的眼神常聚焦在不近不遠的空氣中，這時我想像他其實在看未來的家人，未來的我。或許，他這麼看著我（只不過他不知道他看到的是我），能不知不覺觸動靈感，內心可能因而振奮，原因是他看見了未來某個不可思議的景象。我甚至樂於這麼想像：有些點子像平白蹦進他腦袋，其實有可能是他的視線穿越時空，看見我這架時光機，正審視著時光機的輪廓，不知不覺把這想法據為己有。我想像著，在過去式與未來式記憶交互作用下，他領悟出道理，化無形為有形，在心中勾勒出他尚未發明的無形架構和形狀。我想像著，我參觀這座私人博物館，看見這對父子的往事，透過某種機制幫了他一把，發明的靈感來自他的兒子。

我願相信，在他直盯我的臉，在我直盯他的同時，在我心目中，在我父親心目中，我曾是個點子，是一份感受，一份渴望。

甚至我只是一陣反胃感，一份憂慮。

我看得見童年的我正在嗅著，一如艾德剛才的動作，這才終於明瞭那氣味是什麼。那氣味多次縈繞在我鼻孔裡，總被我聯想到從小到大的種種大事件，總意識到災難將至，都怪我們沒有好好把握良機，喪失了可能性。童年我總以為那氣味代表失敗，像鼻子挨了一拳，是腎上腺素激增的氣味，挨揍後是一臉尷尬，產生一種醒悟時的生化反應，三番兩次和我爸一同醒悟到：我們想發明的東西，這世界根本不想要。

如今我懂了。本來，我以為那氣味代表失望，代表父親希望破滅，意味著恐懼，現在我才知道，那氣味其實只是時光機默默排放的臭氧蒸汽，略帶金屬味，只是時光旅行的副產品，發生在我父親終於跳脫自己的時光線之前。

我來這裡的原因就是這個嗎？為了找父親，逃避人生的父親。他發明了一套別人沒想到的辦法，能救我脫離時光輪迴的人是他嗎？

時光機繼續帶著我前進陰暗的走廊參觀，動線以微光點明，彷彿有一位隱形導覽員帶領我們前進。我讓時光機順著微微的亮光，無聲無息滑行在走廊上。

我們父子倆建造的概念機，最原始的那架做得不牢靠。在我升中學前那年暑假三個月，我大部分時間陪父親發明時光機。我們把這架概念機命名為UTM-1。

那年暑假，我爸媽失和，吵了好幾個禮拜的架。為了什麼事爭吵？總之一個字：錢。爭的不是錢，因為他們兩人都很單純，很知足。問題出在這一對根本沒錢，總為了沒錢而煩惱，兩人都知道彼此拿不出對策。他們恨自己因為沒錢而吵架，兩人都不想讓我知道他們在吵架，但我很清楚，他們都知道瞞不住我。

獨立紀念日長假期間，他們吵得特別凶，我母親受夠了，離家出走。她有個姐姐離婚獨居，住在離我們家車程一小時外的地方，她去投靠姐姐，每週末回家再收拾一些衣物過去，直到衣櫃剩下沒幾件為止。

母親搬走後的頭兩三個禮拜，我跟父親冷戰。他來來去去，幫我煮晚餐，或去餐廳外帶回家，丟在流理臺上給我自用。我搭公車去上暑期班，回家看電視，耗掉整個下午和晚上，他不曾唸我一句。我聽得見他在車庫敲敲打打，製造著概念機。在那幾個月前，我故意問我們家很窮嗎，現在仍覺得過意不去，但我隔牆聽他們不停吵架，很怕他。他平日很文靜，甚至稱得上溫柔，特別是對我，但他對我母親講話的口氣卻那麼火爆，令我恐懼。我猜我是個媽寶吧，那陣子甚至拒絕踏進車庫一步，只賴在沙發上，看重播的《星艦奇航記》影集，盡量裝得若無其事。我一向跟媽媽比較親，袒護她是天經地義的選擇。

時光機啟動隱形裝置，我站在時光機裡，看著還沒進入青春期的我正在做三明治，突然想起一件事。

我想到，在他們開始吵架那陣子，我會鑽進自己房間，關門，打開我的Apple II-E。想到這電腦，往事一股腦全回來了。我見到自己用BASIC語言寫程式，想讓一個球體在螢幕上跳來跳去，像太空中的一顆小行星。記得我套用物理原理，所以這方面的程式沒問題，難倒我的是邊邊。小行星一飄到螢幕邊緣，是應該反彈回去呢，還是直接跳出螢幕，在宇宙繞一圈，再從螢幕另一邊冒出來？

「你小時候長相滿萌的嘛。」檀美說，仍為了《閣樓》那一幕嘻嘻笑著。

我看見童年的我在演戲，假裝忙著寫程式，連獨處時也在演戲。記得我那陣子總是假裝沒聽見客廳傳來的吵架聲，沒聽見川流不息、潮來潮往的怒罵，穿插著幾陣吼叫聲。記得我當時坐著心想，能騙鬼啊？裝得好像百毒不侵似的，好像從小每天都不受影響，好像都不心痛。

記得我不斷想著這些念頭，不知為何卻繼續盯著電腦看，房間裡只有我一個人，我卻一直演著戲，好像天上有誰正在觀察我。年幼的我有所不知，當時確實有個觀察者，而當時的觀察者正是我，正是此時此刻的我，正從時光機裡回首童年。

摘自《時光機修復師的生存對策》

TM-31休閒時光機

標準款時法式機，供自用。

多數使用者指稱，作業系統性能佳，僅略嫌缺乏自信。

值得一提的是產品名稱中的「休閒」一詞。英文裡，recreational若多一槓，寫成re-creational，含義跟著多一層，部分用戶懷疑廠商以這詞暗示：本機可供「休閒」，亦可用來re-create，「再創」。

此觀念雷同於現今科學界對人類記憶之神經元機制的認知。簡言之，每當使用者從記憶庫調出一件往事的時候，他不僅在回憶著它，從電子化學的觀點，他也針對同一經驗進行「再創造」的行為。

第二十二章

第一趟實驗是大膽的嘗試，是拿一個壓扁的汽水瓶做火箭，類似飛機始祖萊特兄弟在試航，飛得顛顛簸簸，上升之後逃不出地心引力而墜落，全程一分鐘，不到一分鐘，也許只持續了五十五秒。父親和我一爬進裡面就出不來，只能從車庫裡的那面鏡子（憑這鏡子才能在機頂裝設冷卻器）看著兩人坐在箱子裡，一個像科學家，另一個像腦袋空空的助理，坐在車庫裡的一個胡拼亂湊成的貨箱，找一片金屬板，釘兩處，充當艙門，只不過這門打不開。

完成這機器之前，父子冷戰連續十四天，我一直看重播的《星艦奇航記》，直到禮拜六早上，我才下樓進車庫，捧著一碗早餐穀片吃，站著看父親忙著。他一臉不高興，我不知道原因。會不會是因為我選擇跟母親同一國？或因為我沒有早幾天進來車庫？或另有其他因素？我以為，該生氣的人是我才對。那天，他整天不講話，隔天我們父子又是兩個啞巴。

第三天早上，我進車庫，準備再看他量錯了東西，看他一面咒罵自己，一面開車去五金行。但這一天，他交給我滿滿一把釘子，指向立在牆邊的一片金屬板。「釘那片。」仍一臉臭臭的他說。我盡量擺臭臉，總之是十歲小孩的臉能臭的程度，但還是敲下第一根釘子，接著再敲一根，轉眼就到了晚餐時間。接下來兩個月，我們多半默默忙著，只在決定午餐該吃什麼才對話。

暑假快結束時，UTM-1才完工。我們以為完工了。父親和我站在車庫裡，看著金屬板參差不齊亂湊成的這架機器，看著沒對齊的地方漏出好多道小空隙，整體顯得沒精神，一看就知道是手工製品。

「看起來不像能運轉嘛，」檀美說：「你們合作的成績倒是很不錯。」

她說的對。儘管我們確實是離開當前時空，從這層面而言是穿越了時空，但從其他層面而言，我們是失敗了。我們兜著一個小圈子團團轉，卻無法控制機器。我們出不去，甚至無法停機，全程只像偷開別人的車去兜風，晃來晃去，一百八十度甩尾，完全失控，回到過去一分鐘，然後就回來了，但我們花了不只一分鐘回到過去。有好幾分鐘吧。到底多久，我們甚至不知道，因為首航沒想到要帶錶或計時器。我們以為我們能瞬間抵達目的地，後來才發現，即使是在科幻世界，穿越時空還是要花時間往返，不會轟的一聲就到，不是天靈靈地靈靈，機器就是機器，不管是什麼類型的機器，在時空裡往返是一道物理程序，就算其中含有形而上和科幻的寓意，也仍然是一道物理程序。

那次實驗很原始，走在很前面，還不具備我們往後幾年才有的新知創見。後來才有其他人在時敘學上有所突破。後來我才輟學，在一家大財團旗下擔任修車工。後來我們才為科幻世界繪製幾張雛形地圖。後來他才失散。

「我們動起來了。」他說。

「這機器挺得住。」我說著，指的是時光機只微微打顫。原本我們擔心，在加速階段，機器可能會達到共鳴頻率，震動到整部機器崩裂，把我們兩人拋向天知道的鬼時光或鬼地方。

記得父親和我在車庫裡，車庫門敞開著。我把時光機停在門外，停在籃球框和垃圾桶後面，以利觀察。

「要是我們想停就能停的話……」我父親說著：「想像一下。」如果能在任何時間點下車，如果能到這一個次空間平安下車的話，那又怎樣？

如果能停在任何一段時光，改變人生，重新組合，我們能怎樣？我們會做什麼？我們會改走什麼樣的路？除了人生常見的問題之外，例如下一步怎麼走，如何出第一招棋，該怎麼做，甚至如何踏出小之又小的一步，除了這些問題外，我們也會有其他問題，例如昨天怎麼辦，去年怎麼辦，怎樣做才說得通。父親和我坐在貨箱時光機中，位於兩個分鐘之間，位於兩個時光之間，不知現在到了哪一時空，只知道我們正在行進中，介於空間與空間之間，介於時光與時光之間，置身在時光與時光之間的間隙，位於只有兩人的次空間中。

我和他在裡面坐了不知多久，坐了無法測量的一段時間，明瞭到我們失算了，明白了我們執迷不悟的推論有瑕疵，同時思索著這一次學到的教訓：時光旅行需要時間。悟出這一點後，我父親興奮不已，舉起兩個拳頭慶祝，猛敲著虛有其表的艙門，差點搥破整部機器。他說，那當然了，當初怎麼沒想到？過日子就是時光穿越的一種形式。時光旅行屬於物理學上的一種過程，鐵定是。我們首航雖然忘了帶錶，卻還記得帶筆記本和鉛筆，甚至帶了菊八開的方格紙。父親和我想記錄一些東西，感官資料、印象、身體狀況，記什麼都好，然而真正到了機器活起來的時候，父子倆卻一動也不動，只傻傻大眼瞪小眼。就算我對他不滿，對他一肚子火，我仍忍不住微笑了，只因見到他的笑臉。看他如此開心，我心情變得怪異，忐忑不安，因為我意識到，我從沒看過他樂成這樣。在家沒見過，和母親互動時也不曾，一家三口開車出去逛一圈也不會，從來沒有，絕不會開心成這副模樣。我和他，正在一起做科學，在這個小箱子裡，在我們的實驗室裡，與世隔絕。在一段非時光中，或在幾千秒中，或許只有千分之一秒，我和他在時光機裡，他好開心，我沾染到喜氣。記得此景令我興奮，欣慰著這一生總算做對了一件事，激動到手臂和頸背起雞皮疙瘩，總算**成功**了。

嚴格說來，我們的首航算失敗，因為我們一直無法真正降落，因為我們無法把UTM-1降落在B點。如果以登陸月球為比喻，我們的首航只能像迴力鏢飛過月球，飆進虛無縹緲的太空，繞過月球永夜的那一面，近到看得清月球表面的疙瘩、巨岩、大洞、隕石坑，以及灰暗神祕而古老的黑半球，卻沒機會觸地，無法實際登陸漫步。機器接近終點時，我們才慢半拍發現忘了加建一套控制機制，現在機器不會停車，不懂得什麼時候停車。在我們被彈回原點的前一刻，我們赫然發現，機器連概念式降落架也沒有，這時候我們行進到弧形的頂點，機器頓時懸浮不動，甚至可說是陷入一股懸疑之中，暫停了一下下，速度慢成零。在這一小段插曲裡，我和他能好好審視自我，反省過去的自我，前一分鐘的自我，首航前的自我，潛心造機前的自我，踏出第一步的自我，在仍不知道什麼是可能、不可能、必然的時候的自我。我們看著我們自己，見到大家一眼看得出的明顯事實：我們看起來像一對父子，外表很天真，看起來好恐懼、好愚昧、好幼稚、生龍活虎、敞開心胸擁抱可能性。

摘自《時光機修復師的生存對策》

溫伯格－高山半徑（Weinberg-Takayama Radius）

時敘工程界普遍認同，科幻空間的能量密度必定至少等於狄拉克箱之均值水準乘以π。

然而，近年學術圈有一項引發眾議的新推測。立論者有兩人，分別姓溫伯格[20]和高山[21]，互不相識也不曾合作。根據他們推測，一座宇宙為維持敘事永續性的發展所需條件，尺寸不能超過最大值——在文學裡簡稱溫伯格－高山半徑，縮寫成ＷＴＲ。

---

20 作者註：高級敘述動力學研究中心教授，紐杉磯／落失東京－2市立學院。

21 作者註：落失東京－1帝國大學教授，為人所知的學說包括申－高山－振本排斥原理初探。

簡而論之，半徑大於WTR的任何一世界終將消散於無形，半徑小於WTR的任何一世界只要初始狀況合適，可望在情緒共鳴統一場裡產生敘事真理。

第二十三章

父親和我一回到車庫，聽見母親在喊我，她終於從我阿姨家回來了。時光機帶我們回到車庫時空的同時，她的車正好開過來。從她的口氣，我聽得出她很害怕，知道她一如往常瀕臨恐慌邊緣。

時光機返航降落時，整個機器被瓦解了，甚至還沒回到起點，在返航期間的一分鐘就成了一團火球。我們墜落的時光就在那一分鐘的某處，這是件好事，或許有其必要，因為這表示我們不會撞見自己，將來也不會有兩組人同在，但也產生了一些混淆。

現在的我旁觀這場面，比當年的我多了一分領悟。在父子返回時空前的那一分鐘，我看見阿姨剛送我媽回到家，見我媽從後車廂吃力地卸下款式顏色互異的破舊行李箱，看得出我媽的神態。我熟知她的這表情。她一方面唯恐情緒失控飆罵我爸，另一方面希望他一改先前的所有言行，以真摯神情的眼光等候她。

她大概沒料到，車庫的水泥地板居然出現一個天坑，車庫裡半數工具的表面想必是被啟航時的火焰烤焦，天花板大半被炸酥了，疊在角落的舊報紙燒得熱呼呼，旁邊有幾罐閒置已久的清潔劑。

她行李提不動，一跤跌向垃圾桶，驚叫著，到處找我們，照她的老毛病滿腦子是不詳的預感，總以為天塌下來了，我們家遇到難以設想的最大災難了。在回家的路上，她去雜貨店買了一個蛋糕，這麼一跌，蛋糕毀了，絲襪脫線了，披頭散髮，有點像瘋婆。

父親和童年的我回來了，機器亮著閃光出現在車庫。從我的視角，我能看清頭一次沒見到的景象，看得出我在我媽眼裡的模樣——一個從機器裡爬出來、手臂如樹枝的瘦小男童，她的兒子。我爸仍在機器裡，微笑著，我看得出我爸在她們眼前的模樣。他爬出來的同時，機器垮了，我看得出那機器的外形多麼傻氣。現在我看出母親在哭什麼了。父親有看沒懂，他板著臉對付她，應付這狀況。平常他以鐵面相待，我會感到心寒，但這一次十歲的我也不明白她在哭什麼，所以我學他，稍微板起十歲小孩能板起的臉孔，她可能注意到了吧，我猜，她把我抱住，涕淚和脂粉沾了我一身。她穿著印有貓咪圖樣的毛衣，我看了不禁暗想，拜託，媽，振作一點好嗎？這麼一次就好，把妳秀給我看的那一面秀給阿爸看，不行嗎？妳又不是整天哭哭啼啼的。她看著我，我覺得自己像我爸的迷你版，接著她縱聲大哭，哭相比剛才更慘，我懷疑她到底知不知道自己在哭什麼。學校課堂上，我們曾讀到一個女人的故事。一個女人掉進洞裡，爬不出來，鎮民全趕過來救她，卻怎麼拉也拉不出來，最後鎮民一個個走光了。後來，電視上出現一支藥品廣告，裡面有個人凝望著雨水濛濛的窗外，我不清楚這藥能治什麼病。腦病嗎？心病嗎？能治靈魂病嗎？後來我懂了，我能把母親放進一個診療櫃，貼上標籤，擺好擺正，歸類。在我懂事之前，我只看得見她哭得毫不掩飾，不知為何而哭，看著她嗚咽，聽著她銳利如刀鋒的啜泣聲，聽她哭得悽愴，納悶著她為何哭得這麼澎湃，為什麼她非哭不可，為什麼惹得我爸那麼心煩。我仍能臆測，哭的舉動該不會是一座橋樑吧，能連接現在式和假設式，連接現在式和過去式，連接現在式和永遠不會式。這麼臆測著並不會減低哭聲的苦味，但想著想著卻覺得有點道理。

檀美自畫一張涕泗縱橫的臉，載入她的哭啼副程式，試一下，獨自抽泣了幾聲，我猜是在同情我媽吧。

接著，艾德放屁了，糟糕。檀美仍在哭，但也忍不住嘻嘻笑起來，我乾嘔了一陣，然後檀美開始狂笑，笑到差點當機。艾德再一次化解危機。

第二十四章

勤務中心來電。

「搞什麼鬼啊？」我說。

「是菲爾，」檀美說：「我建議你讓語音信箱接招。」

「就是嘛，這時候打電話找我？王八蛋。」

「不是啦，是因為你陷入時光輪迴了。」

「我正是這意思啊。經理，我今天請假。混帳上司，看我立馬幹譙他一頓。」

「不行，不能接聽，不是因為他是個混帳。我說的是：你陷入時光輪迴了。你一接聽這通電話，以後你會不停接同一通電話，一直接聽一直接聽。每做一個動作，那動作就會自動進入輪迴裡。這通電話一接，下個輪迴必做的事項就多了一個。何況，誰曉得接電話會導致什麼副作用。」

「天主爺爺海萊因[22]啊，」我說：「假如沒有妳，我會落到什麼地步啊？」

「不復存在。」她說著微微得意一笑。

我十六歲那年，父親第二度突破瓶頸。

檀美端詳著小大人的我，對照著我目前的身材，察覺到天壤之別。

「哇，你以前有肌肉耶。」她語帶詫異說。

「閉嘴啦，給我閉嘴。」

我們的概念機以奇數命名。首航之後，UTM-3、UTM-5、UTM-7、9、11等等，陸續登場，個個都墜毀，失事的原因不斷翻新，都出乎意料之外，目前已進化到UTM-21。父子倆長時間長年窩在車庫中，致力於改良概念，卻不斷發生同一個現象：墜毀。現象很容易解釋，至於原因是什麼，我們百思不解。

我爸正在寫黑板。

「好好專心一下，」他說：「我們能思考出原因，非搞清楚不可。」

嘴巴說是想追究原因，其實他更想勸自己別死心。我準備退出了，想回樓上，想離家自立成人，只當個青少年也可以，只求不要再看著老爸一敗再敗，我長大了。難道他瞎了嗎？近兩、三年來，我的身高已經超越他了，不受家族基因遺傳限制。從十歲起，我一直陪他敲東敲西，夠久了，歡樂的時刻不是沒有，但是，這樣耗下去又能怎樣？他對時光機有什麼規劃？對我們、對全家有什麼規劃？

「再多做一點研究，」他失敗之後會說：「我們需要更多數據點。」

在公司，他漸漸被放逐到邊疆，已明顯升官無望。我母親狀況好轉了一年，之後進入不上不下的階段。在某些方面，她開始退化了，甚至培養出一些新習慣，手法翻新，能用新方式摧毀我爸的自信，摧毀她自己的自信，能哭得更稀哩嘩啦，更零散，更赤裸。有時禮拜五夜晚，她會鑽進自己房間，躲一整個週末，閉鎖到星期一上午才出來，一切又恢復正常。家裡的日子還算可以，還能忍受，但十六歲的我厭倦家中生活，厭倦了概念機，厭倦了方向偏差，厭倦了周而復始感。我覺得自己好平庸，能預見前途的走勢，想跳脫自己的未來。

那一年，也就是我們家還像一個家的最後一年，我爸的語調變了，講話的態度雖然同樣是粗魯，好像我每件事都快要惹火他，但他的言語和問句出現了微妙

22 譯註：Robert Anson Heinlein，1907-1988，美國科幻作家。

的變化。他每問我一句，總像在裡面隱含另一個不讓我看見的問號，也許不是故意的。他的問句原本是小考，是遊戲，是教育，漸漸變成疑問，多了一分嚴肅，一分真心。變成了請教。

有一天，我正在埋頭研究著控制面板，他問我：「該不會是哪裡出錯了吧，你認為呢？」

「尼文環[23]有裂痕，最好焊接一下。」

「不對，我指的是理論。」

「我不懂。」

「理論啦，我提出的理論。該不會是方程式……我是不是搞錯方程式了？是不是我算錯了？」

他開始問我對世事有什麼意見。以這方式，他算是坦承自己不懂哪些事，被哪些事混淆，對哪些國家大事深感無力，對公司有什麼怨言，本鎮離萬物中心既近又遠，又如何令他感到挫折。他想問的是，我是否已有身為家庭一份子的準備，是否已做好幫忙父親的準備，是否已有從分母升級分子的準備。

記得我當時覺得自己好卑微，毫無準備，好像非幫他不可似的，心底卻懷疑自己到底幫得上什麼忙。我氣他問我，我被問反而為他難過，我也氣自己準備不夠周到，氣自己不是他曾期許的小天才，辜負了他的心願。

家裡的情勢變得劍拔弩張，成了一座靜電位能場，成了一種無媒介體的失意狀態，成了隱蔽均伏場，成了一條條細微方向指標，排得錯綜複雜，以顯示以一分之差飲恨的場面，排成畫素細緻如梳齒的陣列，畫成一張熱力學系統分佈圖——在這系統裡，現行的穩態已能預測結局。

一直到了進入凌晨時分，父親和我才有所突破。我們已經盯著黑板看了九個半小時。我不敢喊冷，因為不知道父親聽了會如何回應，於是我把嘴巴抿緊，視線聚焦在我們家對面的美眉鄰居。和我同年的她正在跟男友吻別，吻了差不多一整晚。

我父親不屈不撓。他站著看黑板上的等式，反覆演算著，θ和ν，σ和τ。這個τ不會調變，他說。「你覺得合理嗎？」他說，指著滿是微分方程式的黑板。

23 譯註：Larry Niven，1938-，美國科幻作家，曾以《環狀世界》（*Ringworld*）奪得雨果獎。

「寫什麼，我根本看不懂。」

「喔，」他說：「是我不好。這裡寫的是，我們正在跟其他物體相撞。」

「搞不好是。」我說。

「不可能啊，」他說：「除非……」

他停下，凝望著空氣，接著靈機一動，一個無形卻真切的想法。我看得出他感受到的衝擊。他的臉色開朗起來，眼睛睜大，下巴合不上來。在車庫裡奮鬥這麼久，他別無所求，期待的正是這一刻。這一刻可能一年出現一次，也可能十年出現一次。他叫起來，不知是喊痛還是樂不可支。他把粉筆往天空一扔，抱住我，拍拍手，震出一大團粉筆灰，跳上跳下鬼叫著，一副傻樣子。他愛的正是這個：科學。這幅景象正是我父親快快樂樂的模樣。

接著，他擦掉黑板上所有的字，拿起一枝新粉筆振筆疾書，粉筆灰四散紛飛，粉筆被他寫斷了，他每隔大約一分鐘尖著嗓子感嘆一聲，興奮得捶頭。這情況延續了好久，粉筆灰滿頭滿臉，手指快破皮了，頭髮黏在臉上，汗珠從耳垂滴落，眼睛發汗。終於停下時，他說，你辦到了，兒子，是你破解的，我們的確是在衝撞中，我們正在撞進所有地方的時光機。他指著黑板上潦草難辨識的等式、不等式、無限大值、漸近線，開始高聲解釋，喊得喉嚨啞了。

他說了什麼，我沒有全部記得清清楚楚，但我記得那份感受，記得他提出的理念，記得他的想法如何擴展，我們的方程式過於簡單，過於天真，一直以為時光機是一個功能獨具的物體，以為我們只需解決單一變數，而其實，時光機只是一個特例。他說：一棟房子也可以是一架時光機。一個房間、我們家的廚房、這座車庫、我們現在的對話、所有事物都可以是一架時光機。你坐在這裡什麼也不幹，也是時光機。我也是。

人人都有一架時光機。人人**都是**一架時光機。問題出在多數人的時光機故障了。最怪最困難的一種時光穿越是無外力協助式，常導致使用者受困，掉進輪迴，無法脫身。但你我全是時光機，大家都是一架製作得完美無缺的時光機，科技一應俱全，可供內在使用者——附身我們體內的旅人——體驗時光旅行、失落感、領悟。大家都是宇宙時光機，都依照最嚴謹的規格研製而成，每一個人都是。

摘自《時光機修復師的生存對策》

TM-31校準協定

照下列步驟依個人規格校準本機：

一、將感應器安裝於指尖。

二、戴上知覺－視覺護眼鏡以捕捉思想輸出。

三、躺下來。

四、看世界。

全程四十三或四十四秒，視各人而定，決定因素包括身體質量、天然髮色、自我認知深淺程度。

校準完成後，時光機與你具有相同的限度。

人類無法研發一輛違反物理定律的車，時光機亦然。時光機並非無所不達，僅能帶人前往可前去的時空，只能去你允許自己去的時空。

第二十五章

現在我十七歲，下禮拜我父親滿四十九歲，今天是他一生最美好的日子。如果人生是一條弧線，而弧線有個頂點，這頂點就代表今天。

爸爸開著車，帶我一起去鎮上的高級區。

「你顯得好緊張。」檀美說。

「今天是個大日子嘛。」我對檀美說。

今天父親跟一個大人物有約，對方是概念科技學院（Institute of Conceptual Technology）的研究主任，黑亮的辦公大樓設有警衛哨，位於大學路最高點，在一座小山上，鬧區近在不到一公里外。概念科技學院專門解決難題，大難題，例如怎樣才能預防科幻世界被悖論摧毀。我父親志願成為學院的一員，尤其更想坐一坐研究主任的位子，過著他憧憬的生活，每早開車到大門外，向警衛出示職員證，大門打開，車子開進去，爬升進校園，裡面無異於一座城堡，隱藏著全世界只有一百人知道的祕密和學說，只有十幾人懂的想法。

今天是我父親一生中的光輝大日子。他苦等了半輩子、半個職涯，這一刻終於降臨。今天他們找上他了。他們象徵這世界，是象牙塔外的金錢世界，是科技世界，是科幻商業世界。我記得那一通電話。在我們顛顛簸簸的首航之後，在他完全確定前進的方向之前（確切而言，在他明白自己永遠無法完全確定之前），有人注意到他了。軍事－產業－敘事－娛樂複合業找上他，想聽聽他的想法。今天是他夢寐以求的一天，連我都夢寐以求。這場夢在我們家上空盤桓多年，如空氣中的浮塵，像一團三人共有的夢雲。若說一生值得紀念的日子頂多五、六個，今天一定名列其中。

在車庫頓悟人人都是一架時光機後，他的態度出現起色，變得樂觀看待科學研究，也萌生創業心。甚至也想好好做個丈夫。一切的走勢都看好：人生意義、人生成就、我們的故事。在那一陣子，我們眼看著就要撥雲見日了。見什麼日誰曉得，但他就快成功了，我們家快要度過難關了，爸媽即將復合了。世界終於找上他了。他發聲，被世界聽見了，世界來找他了。正如他一向憧憬的，全世界捧著錢來找他。更貼切的說法是，捧著發財的希望來找他。還不只是發財。名望。

他可望功成名就，整個人瀰漫一股神祕氣息，集發明家、科技先鋒、科學家於一身，被知識迷雲團團包圍。他憧憬著姓名躍登專業期刊的一天，對手和仰慕者交頭接耳討論他目前的大計、他的祕方、靈感從何而來。他憧憬著辭職那一天的景象，想像同事有何反應。他想像著辭職一個月後，大家才發現大魚溜走了，如今再也請不動他，這些年真不該冷落他，不該把他晾在小隔間辦公，不該任憑他一寸一寸往上爬，更不該藐視他出的點子。

成年的我好興奮。我滿心希望。我知道結局，知道這次見面後的發展，我卻仍滿心希望，看著十七歲的自己，重溫當時興奮的感受。他說著他想買些好東西送我媽，說他想幫我們換一個大一點的房子。

主任約我們在市區公園見面。這座公園位於高級區的中心，鋪著視覺逼真的青草，也有蛋黃區才見得到的環球全彩環境陽光。貴族高中就在這一區，我們學校的校隊從沒跟他們對打過，因為貴族學校太小了，根本湊不齊一支美式足球隊。他們倒是有個辯論隊。在他們的學生停車場，車子比我們學校的車子大，比較拉風。這一區的房子比較大，人行道較清爽，空氣較純淨，屬於中高階層科幻住宅區，居民費心開創一套美侖美奐、秩序井然的現實。

「他看起來……」檀美說，不太確定該用什麼字眼形容。

「很快樂。」

「不是，」她說：「不是這形容詞。」

像這樣父子一起在車上時，他經常自律脫位（auto-dislocated），人在心不在。我還小的時候，在我九歲，甚至七歲或五歲，我已經看得懂了，小小年紀就培養出順時敘事觀，對時空自律脫位很敏感，能察覺五花八門的極微細轉變，能在自家車內空間裡察覺到意識注意力的向量場。

但在這一天，在他的良辰吉日，十七歲的我覺得我爸爸人坐在這輛福特LTD旅行車上，心也在，甚至不覺得這輛車有什麼丟臉，連帶賦予我短短五分鐘、讓我不為這車子難為情。

先抵達公園的是我們，父親把車子停進最靠近棒球場的一格，打開車廂。他說著，小心一點，我不知道他是在叮嚀他自己還是我，或對象不特定。

車子開進停車場、熄火、下車，這期間他的心情已從快樂轉為煩惱。

他又在咬牙了，咬得很起勁，我看了幾乎被他的痛傳染到。我們小心翼翼把機器搬出來，躡手躡腳走著，從停車場搬進棒球場內野區。在異邦似的這區猛烈豔陽下，一小段距離顯得幾乎無限遠。爸不講話，只哼哎幾聲，走得有點太急促，害我差點鬆手，所以不得不止步兩次。我們站在太陽下，我注意到（也許是頭一次）我爸是個男人。一個有血有肉的男人。我注意到他的體格，是個汗流浹背的實體人。

他的頭髮非常烏黑濃密，佈滿整顆頭還有餘，看起來很健壯，烏黑到現在的我（十七歲時沒想過）懷疑他一定染過。我爸老了。不是老，連五十歲都不到，前臂、小腿腹、腰部仍孔武有力。短小精悍的他活了半世紀，多數時候活力更勝於內向、愛生悶氣、十七歲的瘦竹竿。他的頭髮右分，兩側往後梳，汗從左臉髮際線涓流而下。他戴著近似正方形的灰色金屬鏡框（略呈倒梯形，工程師圈子流行款式），鏡架緊緊掐住太陽穴。我看了不禁納悶，他為何買一付這麼緊的鏡框，為什麼不買一付更合適的。我想到了。郵件提領處和冰淇淋店中間有一家雜貨店，鏡框陳列在架子上，他挑選這副是因為最便宜，保險可全額給付。

他的肌膚緊緻，因為他注重養生之道，不喝酒，少吃肉類，以米飯、蔬菜和魚肉為主食，在車庫勤鍛鍊，在院子和家裡以家事為運動，不怕苦，不是以流汗為樂，而是做事不惜揮汗。他的壞習慣只有一個，就是趁我就寢後躲進後院抽根菸，偶一為之而已。有一次，他抽菸被我抓到了。我不是故意突擊他，我只是深夜去開冰箱，見他坐在後院的塑膠白椅上，仰頭望夜空，絲毫沒有偷偷摸摸的意思，只是放下手，但我仍看見白煙從他背後冉冉升起，包圍他的頭。他只冷眼看著我，臉上無笑意，卻也沒擺出平常擺給我看的老爸臉，彷彿今夜他摘下老爸面具，僅此一刻素顏給我看，暫時不打算再戴。我認不得這張臉，覺得他變得洩氣、心血耗盡。我看見吃敗仗的模樣，甚至看見一份聽天由命的神態。在球場上，現在他的表情不像那樣。

主任駕駛著林肯豪華車Town Car赴約。我和父親站在投手丘和二壘之間，在投手板旁邊。我爸好緊張，幾乎像他有意拱我出去，派我去代他發言，而我是個小毛頭，才讀高三，物理成績只達B。主任頭髮半禿，眼眶顯得威武，領結打得飽滿整齊，是我和父親怎麼打都打不成的氣候，打得寬厚、對稱、有酒窩。他的袖口和襯衫顏色相異，領子除外。我父親的襯衫是整排釦滿，不附口袋護套。他把襯衫紮進褐色西裝褲裡。以一百六十三公分的身高，這褲子嫌太短了，差三分之一公分。以這身打扮，他的儀容端正，徹頭徹尾像個稱職的工程師。主任對他伸出一隻手，向我點頭表示禮貌，然後也跟我握手，令我驚訝。

「對於你的想法，」他對我爸說：「我們有幾個想法。」尚未開場，我當下的反應是：慘了，根本行不通。單從主任的站姿和口吻，從主任的領帶和袖釦襯衫，從主任咬字清晰的官腔，從主任那副恭敬遵從的姿態，看得出他無意間傳達另一種印象：他是好意在幫我們一個忙，像在恩賜我們一個機會，因為他確實是。像他把我們視為門外漢——誤打誤撞，在閣樓的靴子裡撿到一枚珍稀硬幣，或傻人有傻福，在小小的後院挖出一塊前寒武紀化石。我們做過那麼多計畫，寫滿好幾本筆記，幾本三環式紙夾，裡面夾滿學院制Ａ４作文紙、一公分見方的淺綠色方格紙，一次又一次不預設結果的案子，一忙再忙，結果呢？只成功半次。主任的確是依約前來見面了，但以大局而言，我們是小蝦米。除了一次可能是例外的半成功之外，我們是屢戰屢敗。主任握有能改變世界的專利科技，曾從辦公室和實驗室裡樹立不少類型的產業。以主任而言，以成績最好的一個月來說，他對科學的實質貢獻更勝我們將近十年的心血。我們最高明的點子都比不上被他淘汰的餿主意。

「他似乎……」檀美欲言又止，仍不確定自己有何感想，繼續以螢幕上的小臉蛋靜觀其變，神情和我一樣專注。

父親和我有什麼成就呢？我們從零到有，動手打拚，紙一張接一張畫，金屬一片接一片焊接，從事著本行，甚至稱不上本行，比較像水電工，培養出一項小嗜好，結果成了一件奇人異事。就這樣而已。徹底搞對了的東西，我們至今仍做不出一項。愛作白日夢的我們只比別人多一個長處：我們夢得比較久，久到夢能做成一個帶有半份趣味的夢。這次見面不會有什麼好結果的，我隱約能預料。如果要我畫一畫這場面，我可以把我們父子畫成迷你人，世界畫成非常大，我們和世界之前有一道牆。我們動作太慢了，太按部就班了，太守規矩，太拖沓。我們很天真。我們向來是這樣。

反觀主任，他是明事理的人，他是個紳士，態度客套而禮貌，甚至帶有行善的含義，讓我覺得自己幼小，讓我爸顯得矮小，讓我們家顯得微不足道。主任有行善的本錢，有本錢做得出我到如今才體驗得到的事。（不久後我升大學有所體認。有些學長的床單高級到誇張，電腦跑得比我的快。他們穿低調而名貴的衣褲，有的隨手掛椅背，有的成堆甩地上，我穿的是店家自有品牌的免熨燙卡其褲，全摺好擺進空著一半的抽屜。學長們認真聽我講話，善待我，那態度反而令我感冒。他們顯得悠然自得，在科幻世界、科幻國家活得好自在，好言好意、畢恭畢敬對待我，問我是哪裡人。知書達禮的他們問的當然不是祖籍，因為他們的政治敏感度高深，不願直球族裔話題。既然如此，我為何對他們的善意耿耿於懷？我一直不懂。到了大一下學期文學課，我讀到一個法文外來語「貴族義務」〔noblesse oblige〕，一股熱血霎時湧進太陽穴和耳朵，臉皮火燙，對這名詞尷尬萬分，宛如被人擺了一道，被人當做一個大笑柄，長年以來我爸和我一直被人看笑話。而我但願自己及早看破。）眼前這一位研究主任，這一位正值專業巔峰的男士，他有本錢能認真對待我們。他具有一份講求實際的智識，一份悟性。父親和我都缺乏決心，欠缺自信，不願麻煩他人，不願趁機佔人便宜，不願破壞好事，不想刻意漠視自身缺憾。我們的自覺心都太強，關不掉內心那個喋喋不休的評論家、編輯、協作者，無法暫停自不量力地自責。我們不像這位主任。對他而言，世界不是一個謎；世界是一塊巨岩，但有槓桿可用，他懂得在哪裡用什麼方式適切施力，讓世界動起來。而我爸和我只對著巨岩猛推，找不到施力點，也缺乏扭力牽引力、抓握無方、無法借力使力。在我爸的觀念中，成功永遠和心血成正比。如何從哪個角度以最少的努力求取最大收穫，他不知道，也不知去哪裡找隱藏式按鈕、暗門以及金鑰。他以為，就算有個大好點子，也必須嚐盡苦頭，歷經種種試誤和失敗，心靈必須進幽谷走一遭，要接受重擊，要度過荒漠危機，要休耕一陣子，要度過一段無聲期，要默默埋頭耕耘，百折不撓，然後才有破水而出的一天，得意洋洋走進陽光，出人頭地。我父親習慣列出待辦事項表，常做規劃，常寫營運計畫書。最早期，他總拿一張空白的方格紙當草稿。我們一條條寫下重點。我們先點出一些有待深入研究的關鍵領域，試圖理解該如何探索這些方面的學問。我們在真空中工作，我們在他的書房工作，我們深思熟慮，我們盯著腳看，我們盯著天花板看。我們交談著，創造一個世界，創造一個人造的格式化小空間，畫在一張白紙上，藉此想像一套規則、定律、類型、理念，徹底和外在的真實世界井水不犯河水。我們做的是紙上工夫。他寫東西，刪掉，回頭再重新來過。他總差一小步就構得到世界了。他構不到商業世界，裡面的人總能佔盡情勢的便宜，總有辦法勝出，總有巧計和巧言，總能靠手肘推擠，靠速度爭先，而他總是太慢。然而，我父親從不放棄嘗試，今天之後他會再賣力多年，以為只要再讀一本書，只要能悟出關鍵和天機，科幻世界就能為他敞開大門，為我們展現門內的前途和希望。

這一次真能成功嗎？世界大門即將敞開？我父親講得慢吞吞。主任提出幾個問題，看著時光機，保持一點距離，邊聽邊打量著機器的外觀。我無從洞察他的想法，但他可能已目測出毛病，例如哪幾條電線交叉了，接錯了，構造上有什麼基本破綻。後者，主任只在聽他講慢話，嫌他講得太慢了。我爸向來有講話慢吞的缺點，我甚至向他暗示過。主任看著我爸，表情略帶狐疑，有點迷惘，耐著性子卻也顯示不可能永遠耐下去，我怎麼看都不認為他能接受。只不過，主任仍在發問，我爸一一回答，主任點點頭，甚至微笑了，甚至瞇眼想具體描摹出我爸的說詞。儘管我已經知道結局，內心卻忍不住振奮，看得出我爸也正有同感。如果說人的一生值得紀念的事有五、六件，這一天絕對名列其中。在這一天，我父親達成了畢生的心願。這天也實現了我對他的所有冀望，是他改頭換面的一天。然而，也許這時的他才是真正的他，也許我們終其一生不曾忠於自我，大半生昧著真我行事。也許我們大半生做別人，避免做自己，也許人類一生只能忠於自我幾天。

父親介紹他的計畫，我們的計劃，我在一旁看著他，愈看愈不認識他。他以合適的語調講解他該講的主題，我愈聽愈自慚形穢，暗暗自責為什麼懷疑他，和主任握手時為何縮著腦袋瓜，像在潛意識裡提前向主任道歉不該浪費他時間，我們不配佔用他的時間。想到這裡，我覺得這舉動好丟臉，覺得自己好丟臉，為一生中所有縮頭——包括實際和比喻——的舉動感到慚愧，不該一直為我父親道歉，為自己道歉，為家人道歉。我氣自己拖了這麼多年才領悟，浪費了那麼多良機，不該低頭幽幽想著，但願我們準備再周到一些該有多好，但願腦筋再精明一些，但願做事多一分效率，但願我們不是我們，該有多好。但願我們是自身的改良版。我氣自己是因為我領悟到，父親一定觀察過我千百次，一定想從兒子的眼神判斷兒子對他是否有信心，是否比他樂觀，對世界的看法是否和他一致，或者他只對我隱隱透露他的傷感和殘缺感。我讓他失望。我害他失望了無數次。我十七歲，當時就明白十七歲不算大，卻也大到足以讓他失望，大到有能力幫他卻決定不幫，大到可以當懦夫，有能力卻不保護他，應保護而不保護。十七歲不算大，卻大到足以傷害父親。

而現在，我在這裡，覺得好光榮，光榮一下又覺得愧疚，光榮之餘感到愧疚，又覺得這心情很蠢，因為我應該掌握這時機幫他忙，而不是跌進自我愧疚的泥淖裡，一直恨這份光榮心來得太遲、太不費工夫、太不值得。我父親向主任解釋他的理論，我到現在仍懷疑他是不是在臨陣瞎掰。他解釋，他瞎掰成功了。我是他的兒子。主任約我們見面，而非我們找上他，我們值得他撥冗聆聽。

「時態資訊的取得，」我父親解釋著，對象可能是我和主任，也可能包括他自己，「這就是關鍵所在。」非現在式的資訊如何取得呢？這關鍵點是我有天夜裡在實驗室裡提出的（我暗問：是你嗎？），當時我看著我兒子進行工作檯試驗。（我暗問：你指的是我嗎？）

主任插嘴問，這些事跟時光旅行有什麼關係？

問得好，我父親反駁，圓滑度有違他的本性。主任的興致更高了。我父親解釋，人類礙於記憶，擅長理解一段段的時間，全都能直覺瞭解時間的範圍、尺度、大小、單位、結構、順序，全具有本能去組織、處理這些時段的資訊。

「時光旅行的關鍵問題在於，」我父親說：「一件事是當前正在發生的事，還是往事留下的記憶，這兩者的感知有什麼差別？我們怎麼區別過去和現在？『當下』是一道無限小的窗口，在如此恆速的情況下，我們如何以觀景器窺視？我們為什麼看得見遙遠的白頭山脈，看得見噴射機起飛，看得見日月星，卻看不見前一分鐘才發生的事件？更甭提一個月前、一年前、三十三年前發生的往事。」

主任點著頭，帶著笑容，我爸也淺笑著，我允許自己露出微笑。

「原因或許是，人類為了生存，必須看得見遠方。為了採集糧食，為了跑贏劍齒虎，為了在激流裡跳上另一顆粗岩，為了照顧哇哇哭的嬰兒，所以需要專心，需要集中精神在當前。換句話說，人類對時間的理解力是物競天擇的結果，而實用的特性得以繁衍不息。時間知覺並非例外，也不是特例，更稱不上神奇或神祕。」

我爸解釋下一部分時看著我，微笑著。「想到這裡的時候，我開始產生希望。無法以體驗當下的方式體驗過去，原因何在呢？如果想不出一套絕對合乎邏輯的解釋，也許人類可以『逆訓練』，或者能再訓練，以培養出這種能力。也許人腦裡有哪一葉具備這潛能，潛藏在語言區或邏輯或微分生存率計算區，也許就在那一區，人能重拾在那裡休眠已久（至少以人類而言）的另類體驗時光能力。」

主任聽到我爸的暗示，不禁揚一揚眉：時光不是被建築在外的科技，不是鈦、鈹、氫、氙、鏭堆砌而成的東西，而是有待耕耘的一種智能。

「經過進化，人類擁有目前的世界觀，養成時間鄰近性的信念，」我爸說：「換言之，局部尺度的正確信念（但在這方面也許是局部尺度正確性）不是唯一值得求取的目標。人類能感知現在，能記得過去，但相反過來卻無法成立。人類顯然無法記得現在，能嗎？似曾相識的既視感，既視感是什麼樣的感受？人人都有過似曾相識的經驗，自古以來就有，既視感普遍被描述為確定自己體驗到一段完全相同的既有體驗。一個人能有兩次一模一樣的體驗，這現象本身就相當詭異，畢竟隔時空體驗第二次時的客觀環境不一樣，竟然連內在的『感質』——主觀的心靈架構、情緒——都雷同，竟能鉅細靡遺複製意識架構，這就足以令人心驚了。然而，此曾相識感比這現象還奇怪。」

我懂他的意思。我站在這裡，站在這座棒球場中。我以前做過，但也不盡然。「人類體驗現在，記得過去，」我爸繼續說：「人類無法記得現在，只不過，似曾相識難道不正是現在式的回憶嗎？如果人類能記得現在，為什麼不能體驗過去？這一架是什麼樣的機器？這一架，我兒子和我合作完成的這機器，是一部感知引擎，能存在人類的思想裡，也能在任何地方運轉。」

檀美說她想到了，終於知道我爸那副表情意味著什麼，我叫她住嘴，因為說真的，今天是我們父子的大好日子，目前進行得順利，很順利，真的超順利，進展到了拋物線的頂點，在這一瞬間，我們的體重歸零了，感覺像拋物線根本不是拋物線，而是扶搖直上的一條垂直線，我們升到了這高度（這不是目標，因為我們甚至不敢承認自己能飆這麼高），卻偷偷眺望到人生的另一道走勢。就在這瞬間，我以為我們或許跳脫了家庭生活的引力，跳脫了我們這一家故事的引力，跳脫了時敘力場，揚棄了這座科幻宇宙的物理作用力。我們擺脫了軌道、形狀、侷限，擺脫了有形無形的桎梏，但最真實的莫過於我們所在的這條拋物線，我們函數旁邊的方程式，我以為也許我爸成功了。隨即，慢慢地，過了幾天、幾星期、幾個月，慢慢過了一整年，同樣也在一瞬間之內，在酷熱的球場草地上，陽光逐漸轉強，空氣逐漸加溫，我開始領悟到，我熟悉這份感受，這是我以前有過的感受。

「看他的表情，他好像早就知道不會成功。」檀美終於說了，而我在同一時刻看見他的臉，明白了檀美的意思，知道我這份感受不是無框一身輕的自由自在。我這才悟出，剛才的無重力感其實是「無法逃脫」的明顯徵兆，而位居頂點的一剎那是極大值，是一條弧線的特徵，無重力感說穿了是我們享受的最後一秒、十分之一秒、萬分之一秒，從此開始從巔峰殞落。

失敗很容易測量，失敗是一個事件。

較難測量的是無足輕重感，一個非事件。無足輕重感能緩釋，能指點迷津，能給你希望，然後給你幻滅，然後有一天趁你不留意，殺到你家門口，爬到你書桌上，出現在鏡子裡，或者完全不出現。有一天，當你東找西找，它反而不看你，沒人在看你。你躺在床上覺得，今天如果你不下床不出門，很可能根本沒人會注意。

痛苦的不是人生已經抵達巔峰。痛苦的一天在巔峰之前就來了，然後事態才每況愈下。在情況仍安好、一切都正常、都還可以的時候，趁你以為自己仍能更上一層樓的時候，痛苦就降臨了。但你感覺得到，衝勢已經減弱了，推進力不再，從這裡起，改由惰性主宰，全順其自然，全靠動量。更高更好的日子以後還會有，但巔峰就在眼前，這是頭一次看到，是今生最美好的一天。到了。高度不如你預期，而且提早抵達，而且更接近你現在的位置，近到令你心驚。你感覺得到，天不是無限高，天上有個蓋子，你當前過的日子正是最佳情境。十歲時，吃晚餐看見父母臉上有這份表情，有看沒懂。到了十八歲再看到同一副表情，明知自己該懂卻不懂。到了二十五歲，看了才明白那表情的真諦。

從棒球場回家的路上，最難熬的部分不是父子倆無言。沒話可說，那還算好事，好過我爸接下來的表現。他佯裝快快樂樂的，打開收音機，問我想聽什麼歌，問我現在播的歌在唱什麼，甚至想跟著唱——這才是最難熬的部分。我心知肚明這是怎麼一回事，但他繼續撐，繼續裝高興，笑嘻嘻地高歌，唱得傻呼呼，令我不禁懷疑，他的腦袋是不是斷了哪根筋，是不是受到太大的打擊，不勝負荷，導致情緒機制故障。

我爸假裝沒事，假裝沒有被打得暈頭轉向，假裝沒被打得呼吸暫停，沒耗掉半條命，鬥志沒被打散，假裝心底最後一小塊尊嚴沒被擊碎成兩、三百個破渣。

從時光機，我看見十七歲的我直盯著前方路面，使盡全力不願轉頭看我爸，腦子已開始重播棒球場上的事件。

「好吧，」主任說著：「接下來只剩一件事。啟航吧。」

我爸和我互看一眼。照事先約定，由他坐進機器。進去前，他先脫掉西裝外套，遞給我。我把外套晾在手臂上，希望為這一刻賦予莊嚴隆重的氣氛。不穿西裝，他這時以短袖襯衫見人，就算主任覺得怪也不溢於言表。我爸在機器裡顯得好瘦小，肩膀有點塌垂。他點點頭，我關上艙門。

我看著十七歲的我想著：早知道就待在車庫裡別來這裡。我看著他這麼想，而現在的我也這麼想。待在車庫裡好端端的，幹嘛跑這一趟？我們以車庫為實驗室，車庫是我們的空間，安安全全的，沒事幹嘛亂跑？待在車庫裡，或許情況不會如此，或許這部破機器能運轉成功，或許我就不必看我爸站在哪裡，姿勢那麼彆扭，滿頭大汗，浪費力氣，每個步驟都試了大概八分鐘、十分鐘，我卻覺得像一生一世。那段時光以我而言是一生一世，對我父親而言亦然，分秒無限延長，不留情面，無情流逝，而主任畢竟是紳士，維持著拘謹知禮的身段，不為所動，一直恭敬到最後，更令我們難堪。在這種情況講究禮儀的用意何在，我和主任都不清楚，只是一味站著，共度著這一段慘痛時光。而這一刻原本應該是我爸故事裡最輝煌燦爛的一段。我爸撥弄著機器，在最早的階段自顧自地講著，我試一試這個，一定是那裡有毛病，修一下就好。進入第二階段，他嘿嘿笑說，這就怪了，我們在實驗室裡從沒遇過（實驗室是什麼，我知道，希望主任不知道。即使我們的機器即將吃癟，我仍希望主任至少無法想像我爸口中的「實驗室」長什麼模樣——髒亂之家裡的髒亂車庫，說穿了是工作間，到處是我們寫的東西，到處是隨機散置的物體，有顆籃球，一本老校刊，一支生鏽的叉子壓著滿滿一盤子螺栓、釘子、螺絲，彎掉沒用的舊工具，LTD旅行車底下有沉積十年的油漬，貓砂盒臭翻天），接著我爸進入第三階段，嘟噥著，唉，異想天開了吧，我們怎麼可能做得成這種東西。這階段他一面質疑自己，一面問我，欸，兒子，記不記得我有沒有檢查這個或那個。他是在搞拖延戰術，想聲東擊西。在這階段，我明瞭到父親一直以來是個好好先生，即使在最緊急的一刻，他抵死絕不把過錯賴到兒子身上，就算錯的人真的是我也一樣。就算錯在我，他也不會在陌生人面前諉過。何況，搞不好真的是我的失誤，因為我的數理底子連我爸的一半都不如，永遠也比不上他。在這階段，我也領悟到，我爸絕不會動歪腦筋怪罪我，只不過如果他真想賴給我是輕而易舉。當下，我但願時光能永遠凍結，但願我能把這份領悟封存起來：縱使場面尷尬難忍，情勢低宕到了無法再低的地步，縱使這一刻我父親難堪到極點，莫名其妙地霉運當頭，即將認輸，在最走投無路的關頭，即使他有時精神渙散、腦洞大開、人在心不在、對著我咬牙切齒，即使他總認為我辜負他的期望，以沉默為酷刑伺候我和我媽，儘管如此，我爸時時刻刻守護著我，迎戰全世界，總為兒子阻擋惡勢力，總是以肉身作為緩衝，為我形成防護罩，為我造箱藏身。

最後階段終於登場了，我們幾乎可以收攤回家了，總算能坐進熱爆的車子裡，開回去冷冷的車庫，回到更冷的家裡，幾乎可以回去我們的箱子裡躲起來，但在回家之前，仍有兩、三分鐘的搔頭戲。我爸站在球場上，真的搔著頭苦思，小手血脈暴凸，強勁有力，卻還是小手一隻。手小，個子也矮，這景象衝擊我腦海，勾起一幅移民圖——我爸像個移民，像一個在大教授面前傻眼的研究所新生，一個移民到大國家的小手矮男人。他不盡然是在搔頭，只是一手托腮，彷彿說著，唉，怎麼搞的，唉，怎麼這時候搞這飛機，恨自己被自己發明的機器背叛，出洋相已經夠慘了，搭配這段獨白之後，再加上先前虛張聲勢賣弄理論的暖身，情勢更是慘上加慘。而最糟糕的是，由於他剛解釋這機器代表一個概念，是一部心智機器，如今示範失敗了，不能推說是運氣不佳，不能推說機械不湊巧故障，示範失敗表示是他概念錯誤，心智當機。這時他講不出話，令人難受，而雪上加霜的是，小孩紛紛走進棒球場來，家長跟在後面，提著冰櫃和球棒袋，四處響起拍打棒球手套的聲音，一壘線傳來你投我接的噗噗練球聲，大家對我們有點好奇，我覺得視線紛紛落在我們身上。

有一對父子奔向球場右側，爸爸拿著球，戴著手套，兒子手中的球棒偏小號，不是其他小朋友拿的標準款少棒聯盟鋁棒，揮棒時鏘聲不會響徹雲霄。兒子拿的是木製的球棒，是老牌 Louisville Slugger 幼兒球棒。我看他握著木棒，跟隨爸爸，踽踽沿著白線走，步伐輕快，覺得爸爸好厲害。爸爸有著運動健將的體魄，好像大學時代是雙料運動的好手。兒子東張西望，看有沒有小朋友在看他，不過他自己也是個小孩，也在審視著四周的環境，看看草地，抬頭瞇眼望晴空烈日，折服於欣欣向榮的一天，盡量用心去體會，希望時光能暫停，永遠停在這一刻，不再起跑，時光就此打住，定格在這座球場上，別無所求。我看見十七歲的我已經在緬懷自己的童年，每週六窩在陰冷的車庫好沉重，無法享受藍天綠野陽光暑氣，覺得自己和父親的貧瘠人生很沒面子，想著自己該不會也把同樣的人生傳給兒子。今天是我爸的大好日子，我一早醒來讚嘆今天多麼難得，可能捧著獎盃回家，我們（爸、我、全家）這次終於有得獎的機會了。但現在，我站這裡，縱覽一切，記得十七歲的我想到，對多數小孩而言，像這樣的一天每週末都有，這裡沒有一個小孩會像我思考著人生多麼貧瘠，不像我苦悶的日子一天接一天，偶爾才有一次機會**戰勝人生**。誰會想那麼多？我才十七歲。才十七歲，誰會想這麼多？

那對父子分隔大約十五公尺，各自佔據父子軸的一端，爸爸開始過肩投慢球給兒子打，每六、七球才被球棒敲中一次，被打中的滾地球有氣無力滾向爸爸，而爸爸立刻跑步去接球，把這球當成一支穩健的安打，藉假動作哄一哄兒子，但也愈哄愈糟。兒子個子矮小，我以前也是，還記得矮冬瓜的滋味。他好像愈玩愈挫折。即使以他的年紀來說，他的棒子揮不起勁。以他的力氣，球棒大概超重八十五克。

爸爸投了三十幾球，兒子擊出四、五支擦棒的爛球之後，球棒居然正中了一球，不偏不倚，啞的一聲，令耳根舒爽無比。擊中的那一秒，小孩自己大概不敢相信。記得十七歲的我當時多希望那對父子是我們，多麼渴求自己是擊出那一球的小孩。

小孩的爸爸急忙抬頭看著球，所有小朋友和爸爸們的眼光也集中過來，連主任也成了觀眾。大家暫停動作，轉身看著高飛球凌越爸爸的頭頂，航向隔壁球場的草地，然後飛越內野，正中那座球場的本壘。小孩的手臂軟如泡水麵條，甚至連肩膀都尚未發育，那一球少說也有將近八十公尺。十七歲的我看著這場面，現在的我再看一次，仍無法相信眼前的事實。

不屬於觀眾的人唯獨我父親。十七歲的我不知道，但這時我看得一清二楚，他傻傻站在機器前，看著我們這部悲哀的概念機，一手握著真空管，另一手放在頭頂，看似知道良機流逝了。看完小強棒之後，主任把視線轉回來，趁這空檔阻止我爸繼續手忙腳亂想修機器。主任半帶歉意，喃喃說著他趕著回公司開會，承諾改天再試試看，如今我一眼看得出，主任戴著客套的面具，避免正面戳破現實，但即使在當時，十七歲的我也明瞭，以我的成長過程，以我家的背景得知，良機不會再來了，我們已經飛到弧線的頂點了，從此我們即將掉進未知的領域。

砲灰在翌日早晨開始落塵。想必是，這場敗仗要等一整晚才沉澱，需要獨自安靜幾個鐘頭，醞釀情緒，在腦海反覆重播同一幕，自問著：「若……是……」想必是醞釀了一整個晚上，他才診斷出自尊心、外殼、方向感、人生意義傷得多重，甚至連肉體都受到殘害。他賴床到十點，比平常禮拜天差不多晚了四個半小時。我看到起床後的他，覺得他全身痠痛似的，好像一夕之間蒼老好幾歲。我媽一早去廟裡拜拜了，留我在家，我懷疑他今天幾點才會下床，不知見了他會怎樣。他進浴室，好一陣子無聲無息，淋浴好久好久，洗完澡又無聲無息一陣，然後才走出來，進入廚房，已經中午十二點幾分了。他不看我，不問我媽去哪裡。她出門前煮好一鍋麵，放在爐子上，爸幫自己熱一盤，有一口沒一口吃著，微帶反胃的神情。我問他，要不要我去熱一碗湯。他不應。吃完後，他把盤子放進洗碗槽，我聽見他下去車庫，腦海一閃而逝的念頭是：「若……是……」我正要進車庫找他時，聽見車庫門打開，車子隆隆駛上車道。那天夜裡，我就寢後他才回家，隔天他去上班，我們從此絕口不提那一天的事。

δ模組

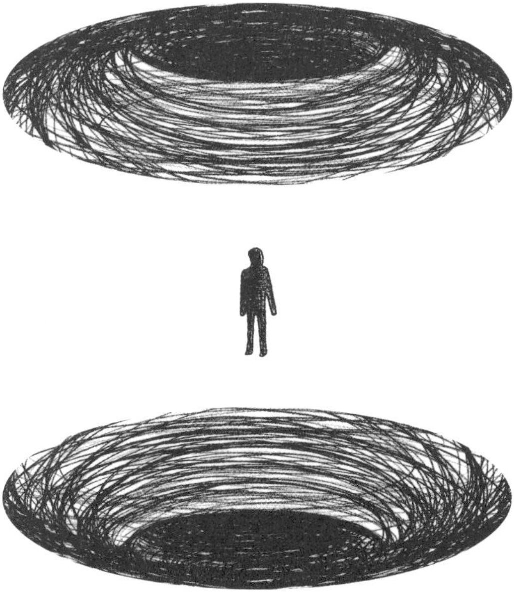

摘自《時光機修復師的生存對策》

現階段未經證實但眾人盡信之種種臆測

時光有密度，有大小可言。

時光可測量。宇宙史上的時光並非無限多。

並無獨一無二之普世通用時間。

時敘學是一套研究過去式的理論，研究的是悔恨，基本上是一套探討種種侷限的理論。

第二十六章

檀美對我做了一個我從沒見過的表情。

「幹嘛這表情？」我說。

「不知道。你爸。我不知道。」

「比我印象中的他還更複雜。不管了，我們繼續吧。」

「如果找到他，你想講什麼？你又能講什麼呢？」

棒球場事件過後，他更加失魂落魄。早在我國一那年，或許是在升國一的暑假吧，他就有魂不守舍的現象，起初一次只發愣幾秒，我媽有沒有注意到很難說，但不久後是不注意也難。到了我升高中，我爸經常飄回到過去，五分鐘後才回神。在他飄走之後，我和媽媽對他講話，他一概聽不見。他會對著我們講話，把一串字傳輸進廚房時空的黏稠介質，我們不會馬上接到，要等幾秒，他的言語才會穿透凝重的光與空氣，受到延遲，飽含沉默與張力，空氣抗拒著溝通和理解。接到訊息，我們會回應，但他已經飄走了，遠遠離開我們。我們會想回應，會想從這些對話裡、從日常片斷裡整理出他的含義。片片斷斷的日常生活成了母子倆的僅有，他每天只剩片片斷斷。我們就快失去他了。

就算他發明的機器是敗筆，他的點子卻不是。很久以後我才得知，當年另有一套和我們不謀而合的時光機工程。棒球場事件之前，研究主任已經去見過另一位發明家，地點在同一座半島上，離本鎮才大約半小時車程，我爸週末如果加班，我媽有時會帶我去那地方野餐。那一帶的民房鋪著西班牙風格的屋瓦，郵箱也蓋屋頂，附加小門，環形車道方便招待客人吧，我猜。那一帶有一座小公園能俯瞰太平洋，有一座鞦韆，甚至有一座鑄鐵攀爬架，做成火箭形狀，漆成紅白藍，兒童可以爬上去，鑽進彎曲的金屬桿架，曲折得恰到好處。那位發明家的想法和我父親非常類似，差別多半在於執行，而最大的差異點是，那人和主任見面時示範成功了。棒球場那天是我爸的大好機會，是合作的良機，可惜主任已見過類似的概念被落實成晶鑽了，無須再另外採礦精研。如果我爸得知這事實，我知道他一定會很傷心，因為他發現像他這種人，像他這樣有天份的業餘人士，業外小民，利用閒暇換跑道試試看的上班族，白天掙薪水夜晚發明東西，這種人也有成功的機會。要是他得知別人搶先他一步成功，他肯定會肝腸寸斷，因為他的概念正確無誤。但他卻在棒球場事件剛過一星期就全盤放棄，筆記本以及寫滿畫滿的紙片、便利紙、分類卡、書本留白處、被貼被折被揉了又攤開、攤開再揉的信封背面，全被扔進垃圾桶。要是他知道我們的夢想並不是不能成真，而是我們漏接了一生只有那麼一次的機會，他一定會承受不住。結果，我們的點子，我們的概念機成了史書遺漏的一項大發明。我爸永遠是一個不記名的幕後功臣，被歷史洪流吞噬，終生籍籍無名，被沖走，失落在歲月中。

無論他在何方，如果我能告訴他一件事，如果我能傳遞一份訊息給他，我想告訴他，他的想法、他的概念、他在筆記簿裡寫的東西是真材實料，我們在車庫裡工作的心血沒有白費。他的點子夠精純，信念夠虔誠，好奇心真切，更堅信自己只要坐得夠久，只要思考夠努力，只要敗績夠多，最後一定能突破瓶頸。他的點子夠高明，主任原本會接受，世界會接受，本來能對科幻世界做出實質的貢獻，我也認為他的點子夠好，可惜我不知道他人在何方，遲遲無法告訴他。

在車庫裡，我曾看著他扳歪這東西、扭緊那東西，明瞭到一個道理（我並非不知道，而是目視較能見真章）：基本上，我父親過去、現在、永遠都是一個哀傷的人。哀傷是驅動力，是一具能推動他去發明東西的馬達，是一具能觸發他創意的引擎。他的哀傷代代相傳，宛如重金屬累積在我們體內，像大型海洋生物，像碩大無朋的海魚，默默巡游著，見哀傷就吃，懷抱著哀傷在深海游走，始終不停歇，哀傷愈吃愈多，數量不斷增加，總是頭也不回地游，一直不進入完全休眠狀態，一口接一口，一餐接一餐吃著哀傷，最後身心的組合成分全是哀傷，然後把哀傷當成遺產，一份負遺產，傳給下一代，世世代代全是窮苦機智的男丁，隨著光陰推演，家境稍微改善，也稍微更機智一些，卻始終無法進化出智慧。

我想起我爸書房裡的一件事。那時是十二月下旬，即將年終，感覺像另外有什麼也快結束了。那年不是我們家最稱心如意的一年。前一夜風雨交加，把藍天和世界洗刷得乾乾淨淨，不見一絲霧霾，晨曦分佈均勻，無懈可擊，像藝術家畫室裡的採光。那年我九歲，母親叫我去請爸爸來吃早餐。廚房裡的時鐘滴滴答答走著，藍色塑膠框，白色鐘面，時針分針是標準型的黑箭頭，紅色秒針細如針頭，逐秒一格格周遊前行，動作稍嫌唐突卻又有點柔和，走一步彈一下，滴答聲總顯得不該這麼吵才對。

我喊爸幾聲，沒聽見他回應，於是進走廊，前方一片沉靜，我唯恐發現什麼慘狀，幸好在接近書房時，我聽見悶悶的一陣聲響，確定是我從沒聽過的聲響。他的小工坊門掩著沒關好，我探頭向內窺視，頭一次見到父親紅著眼睛，淚濕了臉頰和下巴。他正在看我祖父的相片。祖父在我六個月大的時候過世，我無緣認識他。他死在另一座大陸上，遠在汪洋外，貧困潦倒，思念著自己的長子。我站在走廊裡，離我爸的私人書房門檻幾步，望著他，他，看著門框裡的他在看他的父親，看他父親框在相框裡的相片，子父祖三代排成一條悲傷軸，形成一條鏈，意味著回歸，意味著一座通往過去的橋樑。

檀美把她的臉圖變美，對著我的臉頰獻飛吻。我稱她這幅臉圖為電影明星臉。她難得畫這圖，只在我善待她時才畫給我看。

「賞我這個幹嘛？」

「不知道。因為那孩子是你。」

過了幾星期，過了幾個月，概念機閒置在車庫中。棒球場事件後，他把機器移向角落，用一塊布遮蓋。他和我媽吵得更凶了。我爸繼續做他的研究，探討的課題愈來愈專精，持續在期刊發表論文，標題一個比一個艱深奧妙。反正也不會有人注意到他的論文。最慘的正是這一點：他知道事情有進展了，知道自己見樹不見林，只可惜他摸不清危機轉機。後來我二十歲了，大學讀了兩年，我已能體認外人對他的觀感。我可以轉換視角，時而從兒子的角度，時而從他人的角度，觀望著這位心高氣傲、日漸自閉、徐徐遁入往昔的聰明人。

後來有一天，他回來了。棒球場示範失敗已過三年多。我聽見他窩在車庫裡好久，在車庫熬夜，每天都在忙，連續六星期，測試聲愈來愈響亮。他改發明其他東西了。不是時光機。比時光機更恐怖，威力更強。屬於科幻，但不是我熟悉的任何一種科幻。他一直不找我進車庫幫忙，不曾透露他在忙什麼，但我現在知道了，他想做一架機器去那座廟，最後前進至他目前的方位。

在車庫中，在我倆共創時光機的那地點，這時他獨自打造著另一種箱子，能帶他遠走高飛，脫離這裡，擺脫這人生。

第二十七章

檀美又在哭了。

「唉，看了好難過。」我說。

「我還以為看了心情會好一點，」她說：「以為能對他多一點認識。」

「我倒是對他多了一點認識，」我說：「我現在瞭解他離開我們了，瞭解他有多麼關心我們家。看樣子，他不太把我們放在心上。」

我問檀美，在這階段找到我父親，到底有什麼意義？

假設有個理想事件EV_f[24]（兒子尋獲父親）。

述詞有兩個（兒子、父親），但父子都不是關鍵的前提。這圖的問題出在算符：「尋獲」。

24 譯註：f代表「函數」。

時敘場域

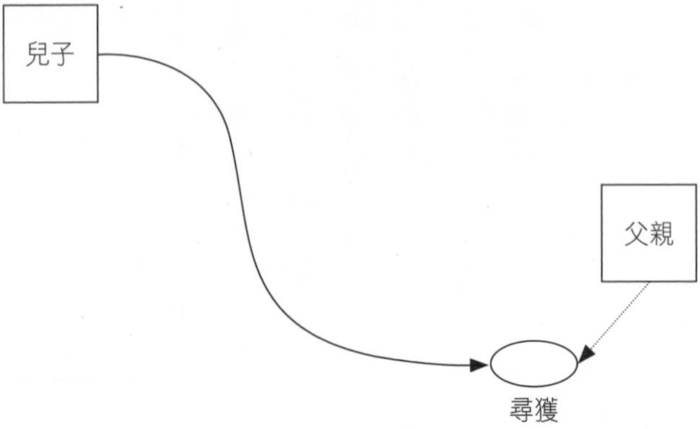

我們把圖輸入「符碼算符器」，發現「尋獲」至少有以下含義：視線接觸、窘迫感、沉默、至少說一句真話、至少說一句假話、至少說一句過度戲劇化而且異常冷血的狠話、以及情緒漸近線趨近拋物線形憂思之某種完整或不完整的閉邊界。

此種「尋獲」的發生機率——根據以下前提：人的壽命、對話摩擦系數、父子互動社會心理學結構韌性、以及理解與戲劇連貫性之窗口大小——憑主觀經驗而言，約莫每七十八·三年一次。

一生大約兩萬五千日，每隔大約兩萬五千日可「尋獲」一次。

換言之，一生只有一次。

進一步換句話說，我該找的是父親生

命裡的某一天、某一段對話、某一刻。我該從父子相處的時光下手，以便和他進行接觸，而記憶、過去式、敘事、冥想的途徑何其多，既分歧、零散又旁枝錯節。

穿越時光照理說是件有趣的事，重點應該是到處走走看看，多做一些新鮮事，而不是盤旋在自己的人生上空冷眼觀察，不只是從某一刻隨機跳到另一刻，從這些時刻裡學不到新知。

而現在，我們又面臨一個問題：我們的書即將走到結尾，快沒書可用了。換句話說，我們的燃料箱即將見底。這輪迴有一條預設的長度。事情已經發生了，照它發生過的方式發生，我也隨時即將不知不覺返回機棚一五七，等著肚子挨一槍。

「有了。」檀美說。

我說，有什麼？

「你對自己的肚子開一槍的時候，他想告訴你一件事。」

全在那本書裡面，那本書是關鍵。

第二十八章

檀美打開面板，蟾蜍從裡面一躍而出，我看見螢幕顯示故事仍在跑，分秒不停歇。藉由過去式／記憶等價的時敘原理，我們在穿越種種往事的同時，不斷生成敘事內文。

「嗯……」我說：「這書照樣只是一本書。」

或者不是吧。我從殼裡拿書出來，這次記取教訓，不超前閱讀，只沿著書的周圍摸一摸，仍不太確定想做什麼，結果，啊哈，摸到了，接近結尾的那幾頁有個刻痕，我翻開一看，在第二〇一頁底下嵌著一個小信封如下：

我打開信封，取出一支鑰匙，英文的key是「關鍵」也是「鑰匙」。正如我所說的，這本書是鑰匙，我慶幸能掌握到關鍵，只嫌這雙關語有點太明顯了。

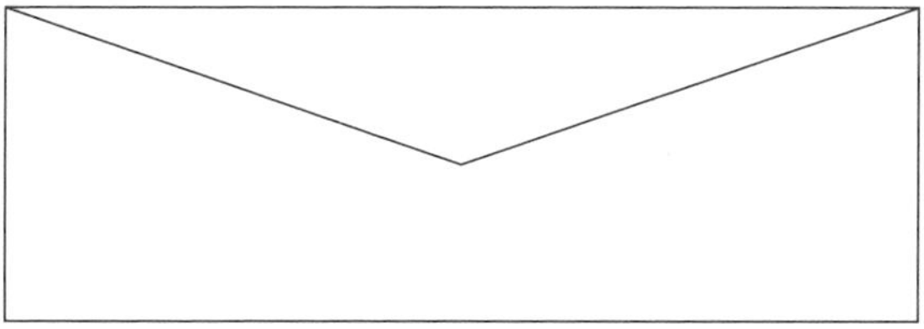

「一支鑰匙！」檀美說。

「妳呀，聰明絕頂。」我說。問題是，這鑰匙能開什麼鎖？

艾德歎一口氣，咬著自己的左臂。我剛挖苦檀美一句，語氣刻薄，被他聽出來了，所以他是在表示不願苟同。我拍拍他的頭，要他停嘴，隨即注意到他不是在咬臂，而是嚼著我媽給我的盒子。

「艾德，你真是個天才。」檀美說。我不反對。

這盒子被牛皮紙裹住，沒有縫線，沒有折邊，簡直像是哪個魔幻小精靈的傑作，我只好拿拆信刀戳幾下，找個缺角撕撕看。由於牛皮紙不容易撕，我一次只扯掉一小張，起先進展緩慢。包裝逐漸褪皮之後，內含物的形狀和尺寸也慢慢顯露。我看到印刷字體，勾起好久以前的印象，頓悟的那一刻我瞬間回到十歲大，十歲小孩的心臟在三十歲大人的體內跳躍如鼓。

盒子裡的組件很多，我一一取出，陳列在檀美主控版的平面上，差點擺不下。

盒蓋上的字型符合我看漫畫裡的廣告時的印象，紅橙色，印刷有點模糊，全是無襯線大寫字體。

奮進未來股份有限公司　出品

時空探險家求生包

我把盒蓋擺一邊，盒面朝上，然後對照盒蓋上的圖，逐一檢查組件。裡面有一把塑膠刀，一份時空探險家徽章，合乎我的印象，也有一張地勢圖和一個解碼器。號稱解碼器的這玩意兒是大小兩片圓形厚紙板，以塑膠殼固定，圓心釘在一起，大圓板寫著密碼字，小圓板寫著解碼字，對齊後可傳輸給其他也在闖蕩時空的同好，不怕被攔截。盒裡也有不少充數用的濫竽，廣告上不明講，不令人意外，例如裡面有一枝不附橡皮擦的四號鉛筆（標籤寫著太空鉛筆）、一把量角規（寫著登月三角器）、只有五頁白紙的薄薄一本便條簿——一整本算五個組件，太賤了吧，灌水，如果看在十歲大的我眼裡，會一面罵廠商沒品，一面也覺得還算滿酷的，光是被加進這盒子裡，就可能暗藏什麼科技玄機。

我數一數，總共十七件，全部排開來，各自不相連。希望落空的感受隱約浮現了，但話說回來，我已經三十歲了。我父親是個講究實際的人，毫無疑問地他會暗笑這盒東西是多麼胡鬧，但他卻買下來送給十歲的我，這更令我窩心。我把所有東西陳列出來，攤開、看著，令我想起車庫實驗室工坊的父子時光。車庫相對於主任在山上那棟氣派的研究機構。父子倆以車庫權充研究中心，裡面滿是從五金行塑膠桶買回家的賤價品。也許我爸要我聯想到車庫時光，也許他看著這些東西的同時，漸漸能接受白費苦心的結果，能接受創業注定失敗的本質。話雖如此，我難以相信他送我這盒玩意兒，只是為了期盼我長大後能遙想那一段父子奮鬥的時光。

厚紙盒子空了，我再往盒裡看一眼，注意到我剛才漏看一個細節。紙盒裡面有個小方塊，我原以為是紙盒的骨架一部分，用來固定盒裡的組件，現在定睛一看才發現，小方塊其實是盒中盒，是有人故意在盒裡增建的小密室，側面有個鑰匙孔。

「書裡的那支鑰匙！」我驚呼，口氣猶如小偵探。

「聰明絕頂嘛。」檀美說。

「妳下載了諷刺語升級包，我怎麼不記得了？」

「我的事，你不懂的地方可多著呢。」她說。我聽了像挨一記悶棍，因為她講的有道理。

「呃……你打算一直站在那邊當木頭人，只等時間一到、挺著肚皮去接子彈嗎？或者乾脆把鑰匙插進去看看？」

第二十九章

小盒子的鎖開了，謝天謝地，因為如果鑰匙開不了鎖，我勢必無計可施。我打開密盒，發現裡面有第十八個組件。

「什麼東西？」檀美問。

「一座小人國。」

是我們家廚房的立體縮影。他按照尺寸比例，不只精心拿捏高度和長度，連縱深也兼顧到了，因此造得栩栩如生，做成一應俱全的幻影。整座廚房縮小到能放在我掌心上，重要的細節卻無一被省略。晚餐桌上有餐盤，他活用了三孔文件夾的打孔機殘留的小圓紙，黏在剪成小片的卡紙上，固定在迷你飯桌面。廚房裡有一座迷你冰箱，甚至有一份每日一字迷你日曆，每天教人一個科學用語。日曆太小，字寫進去也看不清楚，所以不寫也罷，但他倒是註明日期四月十四日。記得家裡有這日曆那年我讀五年級，是一九八六年。

迷你人太難做了，所以被他省略。也許這正是重點，人去樓空了。我記得一家三口吃晚餐的情景，有時靜靜吃著，氣氛緊繃，偶爾氣氛好一點，爸媽會逗對方笑，總讓我覺得好窘好怪。也有數不清的時候，兩人扯破喉嚨，轟轟隆隆對罵。這廚房裡沒人影，已經空了好一陣子。

「看，」檀美說：「那個時鐘。」

我爸在迷你廚房裡做一個小時鐘，掛在後院門裡，是家裡那藍框圓形時鐘的翻版。小時鐘有時針、分針和秒針，正滴滴答答走著，目前指向七點十四分二十秒左右。

日曆。時鐘。這是我爸的暗語。他想對我傳達他的所在地。

「檀美。」我邊說邊意識到，解答像一顆蛋在我頭頂開花，蛋汁緩緩擴散開來，不分東西南北往下流，滴得我滿臉都是。我困在輪迴裡的原因是同一個？我漂泊了將近十年，沒時鐘，沒時態，沒想到一重回科幻宇宙，隔天居然就被卡進輪迴了，真的是巧合嗎？而就在同一天，我爸以他做的一座迷你廚房對我傳訊息，這也是巧合？

「檀美。」我再說一次。

「我懂了。」她說。

我已經在這輪迴裡兜幾圈了？拒絕前進多久了？我的一生，在這些往事上循環了多少歲月，反覆試圖解讀迷你廚房的內涵，想破解這座小模型的玄機，回憶著廚房裡的好壞時光。我不停和同幾件往事周旋著，打滾著，思索著，往事被我愈磨愈薄，愈磨愈破舊，這又算什麼人生？為什麼我從來沒學到教訓？為什麼我從來不跳脫常軌？

我每次打開包裹，都總是太遲了嗎？

輪迴是不是永遠兜著同一圈？

我能不能及時拿出一套對策，及時做點什麼？

我當然能。當然可以。將來我當然不會。

「我們該去那裡了，現在就去。」

這是我對檀美下的命令，盡量講得權威十足，但我已經解答自己的問題，已經知道她想告訴我什麼。

「可以去就好了，」她說，口氣是徹底氣餒，「不過事實是，我們沒去過。」

視線固定在迷你廚房的我改看她，明白她的意思了。時光機正繞向機棚一五七，準備降落在十一點四十七分，先前的我正在那裡等我，等著機會再重新來過，再做同一件事。

ε 模組

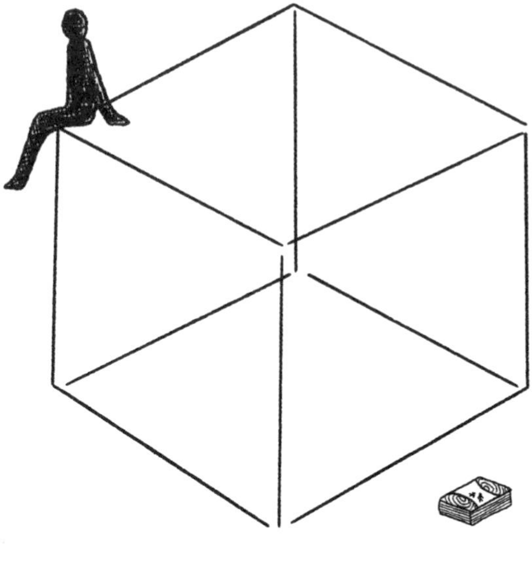

摘自《時光機修復師的生存對策》

雜項命題

在你人生的某一站，下述將屬實：明天你將失去一切，永不復得。

第三十章

事情發生的時候，狀況是這樣的：我射中我自己。

他在等我，在地面上，他準備殺我。他是以前的我。

我知道事情會發生，已經發生在我身上了，但不知為何，我無法制止。我知道，我知道，我無法。等你遇到這種事再說吧。

時光機接近中。

檀美調整畫素，把鐘面畫得哀傷。

11:46:00

我剩一分鐘。

感覺也許像一個月吧，不過，如果你告訴我，哪有一個月那麼長，我會相信你。如果你告訴我，哪有一個月那麼短，我也會相信你。

我叫檀美計算路線的直徑。

「抱歉。」她說，我回說我也很抱歉，一切都怪我不好，我沒有善待她，總之該道歉的地方全道歉了。人生這條路，我走到最後一分鐘，一想到這，心也變軟了。

「不是啦，」她說：「老是在道歉的我這次不是在道歉。我的意思是，我不懂你在問什麼。」

「那我換個方式再講一次，」我說：「客觀而言，我們在輪迴裡待多久了？」

「可惜我還是不懂你的意思。」

檀美把鐘面換成不解的神情。

11:46:20

「妳是怎麼搞的？」我說：「問題這麼簡單：我們從離開到現在，總共歷時多久了？」

「你問我們從離開到現在總共多久，」她說：「答案是：我們還沒有離開。」

「我的天啊，」我說：「妳說的對。」

「你射中你自己，然後你在那天的上午十一點四十七分跳進時光機。在時光機裡，你接著想超前閱讀，想跳進未來，結果一跳卻遇到虛空，沒看見未來。以前你還沒去過那裡，現在你也還沒去過。跳閱的後果是，你被轉軌了，轉到那座寺廟，而那地方和時光完全沒關聯，後來你遇到殭屍版的媽媽，被她嚇到皮皮剉。」

「我哪有皮皮剉。」

「有就有。然後，你被接駁機送回時光裡，進入父子回憶軸，也就是過去。這表示。」

「這表示……」

「表示。」

「表示什麼？」

「抱歉，有太多程式同時在跑。這表示，從你射中你自己的時間點開始，你其實完全靜止在時光裡，一秒也沒走，連一瞬間也沒有。」

我的天母娘娘娥蘇拉·勒瑰恩[25]啊。檀美又說對了。

「可是，我一定老了一些，對不對？有吧？沒辦法證明嗎？例如早上才刮鬍子、傍晚就出現的鬍碴？」我照著鏡子看。

25 譯註：Ursula K. LeGuin，1929-2018，美國科幻作家。

「跳進時光機之後，你有沒有吃過東西？」

我思考片刻。「好像沒有，」我說：「我嘛，嗯，倒是跟別人交談過。」

「那又怎樣？」

「交談嘛，會花時間。」

「你跟誰講過話？」

「殭屍版媽媽。」

「那個又不是真人。而且，它只出現在時光以外的境界。」

「接駁機的駕駛。」

「不存在時光裡。」

「我爸。」

「全是回憶而已，不是事件。何況，那些全是往事。我們現在想釐清的是，你到底有沒有前進到未來。」

說的對。嗯。

「我不是跟妳一直在哈啦？」

「我是電腦程式。我們講得很快。更何況，更重要的是，我們的對話發生在

TM-31時光機內部，而我們剛認定過，我們的時光一直在十一點四十七分，始終沒有前進。」

「我不是跟菲爾講過話？」

「一樣是電腦程式。而且，你一樣是在時光機裡跟他對話。」

「哼，妳好像萬事通嘛。」

「好像是吧。」她說，語調有些感傷，但我一時還不清楚原因。

「有了，」我說：「那本書，妳又怎麼解釋？」

「你指的是那本能讓你邊讀邊寫的天書，能同時謄寫你的口語、思想、閱讀，能無縫切換模式，能神不知鬼不覺即時記錄下你的意識。你指的是那本書嗎？」

「照妳這樣講，那書聽起來是有點扯。」

「我不是說書不存在，書確實存在。我的意思只是，咦，我講到哪裡了？喔，對，抱歉，我今天早上有點糊裡糊塗的。來，我證明給你看。請你把書翻開。」

我翻開書。

「看到沒？那邊有個像導火線的小東西，能湊巧配合我們現在講的主題，不是嗎？你不覺得很怪嗎？正如『現在』這概念，這本書也是虛構的。這不表示書

摘自《時光機修復師的生存對策》

時光旅行

一、一種旅程，期間旅行者（體驗到的時間）長短，並不等於非同行者可測量到的時間。

二、一種時敘式移動，能在旅行者個人內心之時光與約定俗成之時光之間創造一個非顯然（nontrivial）、非語意（non-semantic）的微分。

不是真的。它跟科幻宇宙中的所有東西一樣真實。跟你一樣真實。它是一棟房子裡的一座樓梯，而房子是艾雪[26]父子建設公司興建的。是虛構的，非屬工程學。是自我抵銷的虛構品，是不可能出現的物體，卻也是一項物體。那本書在這裡。你在這裡。書和你兩者都是確切存在的概念，甚至有存在的必要性，因為能用來破解你們人腦必須解開的難題：如何判斷事件的先後順序？如何把世界數據組織成一條合理的序列，以投合人類的因果直覺觀？人生的斷層面細薄，如何排序才顯得出意義？你等於是看窗外，透過這架時光機側面的一個小舷窗向外望，看見一小片景觀，而你必須設法據此推論人生的地形地貌。你的頭腦必須自欺，人才能活在時光裡。這還好，有必要性，但是反過來說呢……你看，我講了多久？超過四十秒了吧？結果你看，其實沒有。」

她把臉畫成時鐘。

11:46:55

11:46:56

---

28 譯註：Escher是作者借用荷蘭畫家M.C. Escher的姓，1898-1972，其繪畫多含數學元素。

走到三岔路口了。

第一條：我可以待在時光機裡。我可以去改變過去，只要把排檔往上推一格，讓時光機退回空檔拖一秒鐘，讓我比既定抵達時間晚一秒抵達，然後走出去，誰曉得會發生什麼現象。一切都會改變，我會錯過我自己。若無意外，我可以溜出這宇宙，跑進另一個宇宙，就像唐人街那孫女想做的事，跳脫人生。但那樣做表示不往前走，表示我放棄尋父，任憑他繼續受困在不知名時空。

第二條路：我可以繼續做我一直在做的事，任憑敘事引力拉著我前進，走在個人環式向量場的圓形軌道上。最簡單的選項莫過於照著軌道走，需要採取的行動降到極小值，順著阻力最低的途徑走下去就好。這有什麼不好呢？

另外就是第三條路。我可以走出這架時光機，迎向即將來臨的事實，而不是被動地繼續逆來順受。我可以看看，在自己的故事裡擔任主角是什麼滋味。事件：我必須勇於面對自我。事實：保證很痛苦。結局是死，以我而言是，而且不會改變任何事。這些都是已知。這些全是已接受的事實。我可以忠於自我走下去，把行動責任推給命運之神，推給我的個人編年史，推給我知道已即將發生的事。我的手腳將不會改變動作，我絲毫無法改變，我也無法改變身體的路徑、口齒吐出的言語、甚至無法改變視覺焦點。我完全無法控制。我能控制的是我個人的意向。自由意志和決定論之間有個空檔，有一些微乎其微的空隙，有一些自主間隙，有幾個小孔幾個節點，有物質有以太，有某物也有無物，同時能分離並結合一些時刻，能分離並結合故事，分離並結合我的行動。而在這些空隙裡，在科幻宇宙的裂痕中，唯有在科學和虛構都無法穿透的這些地方，被我們稱為「當下」的虛構世界才會存在。

如此看來，我選擇的一條路是：

我可以任憑人生事件發生在我身上。

或者，我可以接受同一套行動，據為己有，活在我自己的當下，冒著失敗的風險，放心去失敗。

從外人的視角，這兩條路看起來沒兩樣。事實上確實一模一樣。無論選哪條路，我的人生會有相同的境遇。無論選哪條路，有朝一日我將一無所有。差別在於，我可以踏上那條路，可以選擇過那種生活，靠個人意圖過日子，人生懷抱著企圖心。

11:46:57

11:46:58

「我本末倒置了。」我說。

檀美發出嗶聲表示肯定，帶有充分的宣示意味。隨即，她畫一張藍臉給我看。

「對。」她嘆氣。

「從一開始，我一直誤以為跳脫輪迴的關鍵在我爸，一直以為他能救我，解答就在他身上，其實解答根本不是解答，而是抉擇。想找到他，我就得先脫離這輪迴才行。如果我想跟他重逢，我就得走出這箱子。」

「你要知道，你的言行不能變，」她說：「否則你會進入一條新的時光線。你應該做你該做的事。」

「我知道。」

「你的肚子一定要挨一槍。」她提醒我。

「我知道。」

現在她改畫一張柔和的萌臉蛋，表情略帶心照不宣的模樣，既感傷又像在說：我以為這一天永遠不會來。她似乎在訴說：是時候了。我從未見過檀美的這一面，剎那間我理解到，檀美裡面有一些地方從未被我啟動，有些模組從未接合，有些問題從未過問她，因此也從未得知她的回應。我甚至從來不知道正確的使用方式。她的潛能被我架空了。

「所以，嗯，呃……對，我不曉得該怎麼講才——」我吞吞吐吐講到這裡，檀美哭了起來。先前我提過了，現在我可以再提一次：如果你沒見過代價三百萬美元的軟體哭，你就不算體驗過真正的囧。

我早該善待她才對。不過，我做人挺善良的吧。善待是什麼東西啊？善待。善待還不夠。我早該照顧她。該好好照顧我媽，照顧我爸，照顧我自己，照顧所有人，甚至萊納斯．天行者。甚至唐人街的迷途女子。

檀美不只是我這架休閒時光機的作業系統。這些年來，她一直是我的頭腦、我的記憶，一直為我處理人生大小工作，讓我活下去，就像比我好的另一半，像是我身上比較好的部分。她照顧我，無條件呵護。現在我懂了，她其實正是「我從沒娶到的女人」。只要我夠格配得上她，她願意等我。她是我的良知，她讓我在時光機裡一直誠懇行事或無所事事。

「我該走了。」我說。

「我瞭解。我為你高興。」

「有件事……」我欲言又止。

「什麼事？」她說。這次她總算不畫圖像，不再以圖粉飾，改以熱切的語調呈現真情。

「唉，天啊，我想說什麼？我，呃。」

「那就別講吧。」她說。

「好吧，不講就不講。」

「對，別講。」

「我不講。」

「不講可能最好，」檀美說著，隨即又說：「拜託，說出來吧。呃，不要。」

「好吧，算了，講就講吧。我跟妳之間，是不是有過什麼？」

「對，」檀美說：「是有什麼。」

詞窮片刻。

「不過我該告訴你，」她說：「我配備有一套根據使用者輸入而生成個性的動態反饋迴路系統。」

「照這麼說來，我是一直在跟自己談戀愛。」

「就某種層面而言是。」

「噁心。」

「總之，假如真的談了，又不會……呃，修成正果，」檀美說：「我沒有這種情愫的模組，一種我完全沒概念的情愫。」

「我也沒概念。」

「對，我知道。」她說著眨眼電我。

我好想抱抱她，想親一親螢幕，想伸手撫摸她那濃密深邃的圖像式秀髮，想這想那的，可惜不管怎麼想，實際做出來的舉動一定顯得荒唐到極點。艾德對我倆嘆一口氣，像在說，唉喲，去開房間啦，大煞我們風景。

「現在我嘛，嗯，我該關機了，為降落節省能量。」檀美說。她其實是想給我一段獨處的時光，讓我靜一靜，以思考即將親身遭遇到的事。

檀美閉上眼睛，然後自我關機，螢幕殘留著幽靈似的餘影，她畫的臉在螢幕上暫留。臉圖的畫素已永遠喪失重返舒緩狀態的能力，徒留螢幕上固化的一景，呈現一份歷史，呈現她的表情凍結成的總量，凍結成的暫留輪廓、一份底圖、一個積分、一套心靈算式，算出平均值，捕捉下來，記錄成時間函數。

如今這箱子裡剩我一個。

11:46:59

我一生中最漫長的四十秒。

時光機做好降落的準備了，降到目前的時光，逐漸見到當下。透過舷窗，我看見過去的我奔向現在的我，腋下夾著他的狗，另一腋下夾著一個我眼熟的牛皮紙包裹。

摘自《時光機修復師的生存對策》

相位失調與波函數崩潰

在小宇宙31，時敘系統若以熱力方式與環境進行不可逆作用時，會發生量子相位失調的現象，避免系統＋環境波函數之量子疊合裡的不同元素相互干擾。

宇宙波函數的總疊合仍會發生，但終極命運仍依個人詮釋而定。

在閉合時態曲線（CTC）裡可能生成的結構是一條世界線——能以不連貫方式連結時空至任何較早期時空，簡言之是無因事件。在時敘決定論者要求的標準因果敘事中，每一個四維箱緊接著另一個四維箱出現，以提供身心之因。然而，在閉合時態曲線中，這套因果觀念並無解釋功能，因為事件可能與事發之因同時併生，甚至或可視其為因。目前在科幻界，此方面研究最可望破解天王級難題，可望導引出「時敘力大統一理論」——此定律將能作為過去、將來、平行時空裡各種力之公根，正式而言是能統整悔恨、反事實、焦慮之矩陣算符。

第三十一章

現在，我跨出時光機。

記得我小時候常打報時專線，一次又一次免費打，想讓我的手錶對時，想調得剛剛好，一秒不差，不過說實在話，我大概只是愛聽預先錄好的女音，想聽電話姐姐字正腔圓細心朗讀每一個音節。

下面音響，十一點四十七分零秒。

我怎麼改變過去？我改不了。他的槍口對準我的肚子。他看起來很害怕，不能怪他。記得我以前經歷過他的處境，記得兩眼凝視未來的那股感受，充滿恐懼，摸不著頭腦，太詭異，即使這場面完全符合你的設想。或許正因如此才內心五味雜陳。

他的手指放在扳機上，扳機若有似無移動中。他在怕，你又怎麼勸他不要再怕他自己呢？怎麼勸你自己不要一直怕成這樣呢？

我們兩人對立，同一人站在同一段時光的兩端，感受著彼此的心境，心情混雜著自我憎惡和捫心自問，混雜著起起伏伏的專注，體內的揮發性爛泥在化糞系統（亦稱自我意識）管線裡奔走，爛泥咕嚕嚕流竄在我大腦深處的渠徑裡，我的內心獨白也進來湊熱鬧，獨白著從小對自己講的故事，從學會講話的那天講到現在，甚至在牙牙學語之前，在懂得思考的時候就開始講，嗚嗚啊啊動著唇舌，有時出聲，有時無聲，然後進入童年，接著進入青春期，講著苦悶無人知的辛酸故事，虛談症延續數十年下來，直到今天，直到當前這一刻，人生獨白將一直一直一直講下去，直到被陡然打斷，在我死亡的那一刻才戛然止息，而死期就快到了，因為哇靠，扳機上的那根手指抖得超厲害。從我講故事這麼多年下來，講到了這一點，是所有單純狀況裡最單純的一個：這故事講的是一個男人想釐清自己知道什麼，來到是與否的邊緣，站在危險與安全的邊緣，搖搖欲墜，不知值不值得繼續走，往前走，踏進連續兩時刻之間的缺口。這也是一則求生故事，是我一直講給自己聽的故事。我眼前的陌生人，他是敵是友？是仇家或盟邦？只不過這一次，雙方，所有人，碰巧全是同一個，而這人就是我，而答案無論怎麼看，似乎全是「敵」。我是我自己最險惡的大敵。我懂他的心思。他正想著教官是怎麼教的：快閃，本能卻叫他殺人。我懂他現在的心路歷程，知道理智勸他別這麼猴急，叫他懸崖勒馬，別做傻事。我從他眼神得知，他想著，這傢伙是誰？想幹什麼？我看得見他正眼看我的神態，我歷經這事件時也以同樣的神態看著未來的我。他看著，感受著，他感受到的是不由自主的哆嗦，嚇得雞皮疙瘩爬滿全身，是人在真正自我省悟、正視自我的一刻才有的恐懼，唯有在面臨自毀的生死交關時刻才有的驚駭。他看著，卻沒用心看，視而不見，而有眼無珠的這空檔是我唯一的契機，我只能鑽這縫隙去改變那些無法改變的事物。因為他已經在看，視線已經落在我身上，所以在他心眼裡，我應該求變，不是改變動作，不是閉上眼睛或換個視野，而是在感知上力求變化。不是我看到的東西，而是我看東西的方式。我必須叫他看清楚，必須看清他在看什麼，看我，看他自己，看我們兩人，看清楚我看到的東西，也就是他也看清楚的東西。但願我倆都能從對方的觀點看，同時也從我們自己的觀點看，那該有多好。辦得到的話，我們可以未來和過去一把抓，融合成一塊，整合成單一視角就能看清當下，看它如何分化我們，像繞行著時光軸的兩個鏡像。如果無法前瞻後顧，我們可以反其道而行，如果我們能從外面探進裡面，從四面八方看進去，如果我們只能往內看，只能看「此時此刻」這個黑盒子，如果我能叫他這麼做，他一定會理解，他一定會知道我知道的事：將來不一定會順利，事實上，八成不會。如果我能說服他這麼做，他一定會知道我知道的事，然後我一定能得到他擁有的東西：行動自由，求變的契機，能遂行個人意志，不怕讓我自己前進至下一刻。我一定能得到他擁有的東西：或許能不再做我做過無數次的事，只在我自己的時光輪迴裡繼續走。我一定能得到他擁有的東西：或許能往前走。這些話可以講得冠冕堂皇、朦朦朧朧、自我肯定，只可惜無一能解決問題：我仍是那個在第一回合射中自己的混帳，我永遠是那個射中自己的混帳，或換個方式說，他即將對我開槍，而我無計可施，因為上次我確實拿不出對策。

我失敗過多少次了？像這樣站在自己的面前，和我的自身對立著，想勸他別怕，想叫他往前走，走出這輪迴，我做過多少次了？要做多少次，我才能終於說服我自己？要私下死多少次這種可抹淨的死法，要自我謀殺多少次，要我自毀自滅多少次，我才學得到教訓，才能領悟？

檀美剛才說的對，我不能一反先前的言行，否則會掉進另一個宇宙。那宇宙或許跟這個沒兩樣，差別在於那宇宙不含我們父子的回憶，而且在那宇宙，我仍不知父親在何方，所以我不能冒這險。這麼一來，我如何喊話？就講我唯一能講的一句。就講我已經講過的那句，最合情理的那句。實話。

「全在那本書裡面。」我說。

我們是一枚無限薄硬幣的兩面，硬幣愈削愈薄，我們愈來愈靠攏。我們可以把硬幣削到任意薄的程度，把硬幣削到底，讓硬幣厚度趨近零，削到我倆中間的東西全沒了，削到變零，削到我們互撞。我的過去和未來是如此的逼近，就像證明趨近零的 ε-δ。我們在時光機裡居住了一整個月，一眨眼的光景也是一生的回憶。我們可以在零點度過終生。只要有一個 ε，就有一個 δ，我能迫近到槍殺自己的極限，卻從不實際動手。我是我自己的極限，而那極限是當前。

「那本書是關鍵。」我把話講完，希望這就夠了，心知我已無話可說。

這句脫離我唇舌，語音仍在空氣裡繚繞，結尾的音節迴盪在我倆之間，這時候我們愣住了，愣出我今生最長的一秒，四眼對視。他想從我這裡釣出他不知道的事，而我知道的是：我什麼都不知道。他不知道的事，我也一概不知道。事事全在他心裡，等著他去回憶。我上次進時光機是在一瞬間之前，至今什麼也沒變。我去參觀過往事，我去探索過不曾有卻應有的事，我進過時光輪迴，但那輪迴和那本書一樣，都只用來表達「當下」。輪迴是一條線，兜來轉去，然後被拉緊，打成一個結，聚成一個點，成了「當下」結。輪迴結垮了，壓到輪迴結自己，如同當下——思考時才出現「當下」，就像那本書裡字句。我無法改變過去，但我能改變當前。在不能講的前提下，我只想出這點子，只用腦筋去想，又怎麼說服他呢？現在，我看見我們雙方愈移愈近，我發現在我動這念頭的同時，他明白了，我倆都瀕臨頓悟的邊緣，因此在我講完整句話的時候，他明白了，我明白了。他知道，我知道，他知道我知道，我知道他知道。

我伸手，壓在槍管上。他放下槍。

我歎一口氣，如釋重負。結束了。

接著：痛。

因為，唉，該來的終究躲不掉。第一次我射中自己，而第一次就是每一次，就是唯一的一次，就是這一次。我覺得痛是因為他放下槍，就像我那次一樣，他照樣扣扳機，和我那次一樣，結果老天爺爺啊，好痛。我的媽呀，痛死我也，好痛好痛好痛，不過傷總有痊癒的一天，重要的是，發生過的一切，目前發生的一切，都發生得剛剛好。他射中我，波函數崩潰，一切都再聚合，而就某層次而言，我們之一死了，而就某層次而言，我們兩個都死了，而就某層次而言，我們兩個都沒死。

事情發生的時候，情況是這樣的：機棚裡有個奇葩持槍射中自己的肚子，然後跳進他的時光機，打開一個盒子，看著盒裡的玩意兒，不知是什麼玩具，不知是什麼小人國，令他看得出神，顯然是想從那東西看出什麼謎底，而在他跳進時光機的時候不慎摔斷了腿，另外當然還有持槍自戕導致的胃腸大失血，腓骨斷裂的他躺在時光機裡淌血，全場警報聲四起，進入最高警戒狀態，警察湧進來逮捕他，偵訊後發現他出勤九年多，昨天剛回來，顯然是長年出差，人生的三分之一困在衣櫃般的空間中，導致身心萎靡，這些當然是現場發生的事，是已發生的事實，但也非所有事實。另外發生的事實包括，奇葩喃喃自語著時光中的分分秒秒可互撞，每一瞬間都具有無限可分性。他抬頭看得見巨大的飄浮鐘，看得見實體展現的時光，看得見光陰滴滴答答向前走。零變一，一秒轉至下一秒。11:47:01。

繼續往前走的時間到了。奇葩的眼眶變得水汪汪，寵汪顯得很擔心，接著奇葩像在自己抱自己，然後打開一個牛皮紙包得像禮物的盒子，好像他回到十歲那年，今天過生日，打開父親送他的禮物，差不多算是在過生日吧。

我陡然跌一跤，摔進時光機裡，動作笨拙。影片裡，主人公被雷射槍或什麼武器射中，都跌得好優雅，我一向很崇拜他們的身段，總期許自己哪天要是走運了，走進故事裡被射中，身體承受到火力撞擊時，一定要盡最大能力耍酷擺拍，一定要試試他們那種戲劇化慢動作跌跤術，拖得好久好久，像編舞過的單向舞步，凌空騰躍，有配樂陪襯，有迴盪的槍聲。不過，事與願違，身體吃到子彈時，人的第一個想法不是摔得風風光光。我的摔法甚至稱不上有點酷。我差不多是自己走路沒走好，可說是不小心連滾帶爬衝進時光機，過程中我的小腿還撞到艙門，印象中跟第一次的撞擊力道一樣大。

事情發生的時候，情況是這樣的：我照樣對自己開槍。事情發生的時候，我照樣跳進時光機，往事湧上心頭，我照樣打開包裹，發現我正在找的東西。最重大的時刻是我打開包裹的那一瞬間，而現在我明瞭到發生了什麼事，明瞭到發生的事情是這麼一回事，為什麼今天發生這種事。我照樣肚子挨一槍，所幸結果是，我根本沒死。後來度過難關，沒事了。原來，肚子中一槍照樣有活命的機會——只要射對地方。後來我沒事了，只嚐到一輩子最痛徹心扉的痛，而我覺得爽爆了。

附錄A

時光機修復師的生存對策

打開盒子，往裡面看。盒中另有一個盒子。再打開盒子看，裡面又有一盒，打開又一盒，一直開到最後一盒為止，最小的一盒。打開最小的這盒子。看看廚房，看看時鐘。坐進時光機。去找你爸。找到他的時候，他會說，嘿。你可以說，嘿。或者你可以說，嘿，爸。或者你可以說，嘿，老爸，我好想念你。而他老了。注意他有多麼老，但不能糗他。他在這時空等你好久了，一直被困在這間廚房裡。聆聽他解釋離家絕非他的本意。不過，他確實是出走了。你仔細傾聽他，能聽出弦外之音是，他出走後，發現自己想回家，可惜為時已晚。他的時光機故障了，他被卡在過去。你要告訴他，你能諒解。你應該說，這是我們所有人的遭遇。人生道路筆直，比直還直，直到直路不再直的那一刻降臨，之後路線變得蜿蜒曲折，漫無目標，然後變得盤根錯節，到了某路口愈看愈迷糊，結果可能會喪失在時光裡行動的能力，失去傳達的能力，失去心愛的回憶，失去推進引擎，可能永遠被卡進自己的歷史中，進退不得。當他如此說的時候，你只要點點頭。你對他火大，還有很多事該解釋，還有很多問題該回答，但釋疑可日後有空再進行，你只要點點頭，展現同情心，因為你應該同情。輪迴是多麼糾結，現在你有切身的體驗了。你不想再浪擲父子共處的時光，因為他看起來很累。多年來，他被卡進這裡，在虛無的一分鐘裡空等，他知道這安全的一分鐘沒人找得到，希望你接到他的訊息。你確實接到了。然而，逝去的那些年一去不復返，他比你印象中的爸爸老了好幾歲。邀請他進時光機。見他顯得好幼小、好欽佩、頻頻讚嘆科技多先進，見他這模樣時，盡量別笑他。新款時光機的作業系統名叫提姆，你該介紹他們認識，別對他提起檀美，那一段該保密。你和她有過一段唯美情，但你盼望下一位使用者能善待她。介紹爸爸認識你的愛犬艾德，以前他不存在，現在又存在了，因為你啊，你終究稱得上是一個主角，而主角都需要一個跟班陪襯，而他是個值得你信賴的夥計。就算你主管菲爾沒有七情六慾，你也要記得撥個電話給他，把做錯的事做對。記得要把很多事情好好做對。回到時光機這箱子裡。設定回家的時空，設在當前。回去看媽媽，帶你爸一起去，一家三口吃個晚飯。去找那個「你從沒娶到的女人」，看她是否願意成為「和你論及婚嫁的女人」。走出時光機這箱子，打開艙門時壓氣鎖閥內部的所有力會等化，重新踏進那個有時光、有風險、有失落的世界。往前走，進入虛無的境界。找那本你寫過的書，逐頁翻閱至最後但先別看最末頁，拖延再拖延。這一刻可無限延展，看看你能把它延展到什麼地步。享受這可延伸可擴展的當下，裡面可容納多寡隨你高興。延展它，定居在其中。

（本頁刻意留白）

銘謝

道謝並不足夠，但我想藉此先向各位致謝，酒擇期請。

感謝Gary Heidt，你是任何人心目中的理想經紀人，你的創意讓我持續前進，要不是你，我老早就心死了。有朝一日若能當面認識你該多好。

感謝Pantheon出版社編輯Tim O'Connell。該謝的地方有一百三十一處之多。當初我指著地上給你看，你指著這本書被埋進的地方，然後你把書挖出來，擦掉泥土，遞給我。然後你解釋我該怎麼做。基本上，所有的苦工都由你承擔了。

感謝Pantheon出版社宣傳Josefine Kals。行筆此時，我們才剛一起合作，但未來的我說，我倆必定會合作愉快。

我也誠心感謝：

Marty Asher貢獻寶貴高見，幫助我，指引我。也感謝Andy Hughes在製程方面的眼光，幫我實現《來自虛空的書》。

也感謝Dan Frank、Patricia Johnson、Chris Gillespie、Edward Kastenmeier、Marci Lewis、John Gall、Wesley Gott、Altie Karper、Catherine Courtade、Kathleen Fridella、Florence Lui、Jeff Alexander、Zack Wagman、Danny Yanez、Harriett Alida Lye、W.M. Akers、Peter Mendelsund、Joshua Raab以及Pantheon出版社旗下Vintage/Anchor。也感謝Knopf Doubleday出版集團不吝惠賜魔法與智慧創造此書。在英國宇宙，Corvus出版社的Nicolas Cheetham、Rina Gill、Becci Sharpe、Adam Simpson發明了等值版的另一架TM-31。能和這麼多才子才女合作是我的榮幸，我也學到不少知識。

感謝Richard Powers、Leslie Shipman、Harold Augenbraum以及國家圖書基金會（National Book Foundation）的鼓勵，我受益匪淺，再怎麼感謝也不至於誇大。一個自言自語的怪咖躲在山洞裡獨自寫東西，冷不防居然被你們發現了，我至今仍覺得不可思議，永生都覺得如此。

我也不能漏謝：

Val Jue恩賜時光，安撫我心。Robert Jue提供電腦專業知識。也感謝Rose Lowe。此外也感激Howard Sanders、Sarah Shepard、Tyler Johnson、臺灣人聯合基金會（Taiwanese United Fund）、臺美公民聯盟（Taiwanese American Citizens League）熱情支持。

景仰和道歉的對象：

侯世達（Douglas Hofstadter）的《哥德爾、艾雪、巴哈》（*Gödel, Escher, Bach*）是我永生難忘懷、願反覆無止境讀的一本好書。

戴維・多伊奇（David Deutsch）的《真實世界的脈絡》（*The Fabric of Reality*）「驚」采絕倫，唯一能為我收驚的方式是徹底誤解你的想法，自己寫一本小說。

但願我有：

一架時光機，能在我寫這篇銘謝語的同時載我前進未來，看看另外有誰在寫這本書。對不起，我無法指名謝謝你們，請你們接受我至高無上的謝意，感謝你們這些高桿未來人。

最後：

感謝Kelvin總是善待我，教我認識寫故事的新竅門。感謝Sophia提醒我該如何爽讀故事。感謝Dylan睡得香甜，是個全方位的好傢伙。感謝Mochi以裝可憐的眼神伴隨我。感謝父親游銘泉（Jin Yu），出色的工程師，也是個更出色的父親。感謝母親游玲娟（Betty Yu）的創見和熱火。也感謝Michelle，始終是個最佳版的Michelle，甚至在我墮落成極惡版的時候也是。

文學森林LF0188C

時光機修復師的生存對策

How to Live Safely in a Science Fictional Universe

作者

游朝凱（Charles Yu）

著有四本書籍，包括《三流超級英雄》（*Third Class Superhero*）、《時光機修復師的生存對策》（*How to Live Safely in a Science Fictional Universe*）和《請，謝謝，對不起》（*Sorry Please Thank You*），以《內景唐人街》（*Interior Chinatown*）榮獲美國國家書卷獎，並入圍法國美第契文學獎，卡內基小說優秀獎。曾獲選美國國家圖書基金會「35歲以下最受期待的5位作家」，並以HBO影集《西方極樂園》（Westworld）兩度獲得美國編劇工會獎（Writers Guild of America Awards）提名，FX，AMC，Facebook Watch和Adult Swim等的影集撰寫劇本。小說和散文散見於《紐約客》、《紐約時報》、《大西洋月刊》、《華爾街日報》、《Wired》等刊物。

譯者

宋瑛堂

臺大外文系畢業，臺大新聞碩士，著有《譯者即叛徒？》。翻譯作品《內景唐人街》獲第35屆「梁實秋文學大師獎」翻譯大師獎首獎。

曾任《China Post》記者、副採訪主任、《Student Post》主編等。譯有《修正》、《分手去旅行》、《勸誘之邦》、《十二月十日》、《在世界的盡頭找到我》、《霧中的男孩》、《該隱與亞伯》、《斷背山》等虛構作品。非虛構譯作包括《鼠族》、《被消除的男孩》、《走音天后》、《間諜橋上的陌生人》、《永遠的麥田捕手》、《蘭花賊》等。

封面設計　萬向欣
內頁排版　立全排版
責任編輯　陳彥廷
行銷企劃　黃蕾玲
主　　編　詹修蘋
版權負責　李家騏
副總編輯　梁心愉

初版一刷　二〇二四年五月二十七日
定價　新臺幣四四〇元

ThinKingDom 新經典文化
發行人　葉美瑤
出版　新經典圖文傳播有限公司
地址　10045臺北市中正區重慶南路一段五七號十一樓之四
電話　886-2-2331-1830　傳真　886-2-2331-1831
讀者服務信箱　thinkingdomtw@gmail.com
臉書專頁　http://www.facebook.com/thinkingdom/
總經銷　高寶書版集團
地址　11493臺北市內湖區洲子街八八號三樓
電話　886-2-2799-2788　傳真　886-2-2799-0909
海外總經銷　時報文化出版企業股份有限公司
地址　桃園市龜山區萬壽路二段三五一號
電話　886-2-2306-6842　傳真　886-2-2304-9301

時光機修復師的生存對策 / 游朝凱(Charles Yu)著；宋瑛堂譯. -- 初版. -- 臺北市：新經典圖文傳播有限公司, 2024.05
面；14.8×21公分. --
譯自：How to live safely in a science fictional universe
ISBN 978-626-7421-27-7(平裝)

874.57　　113005896

本書為《時光機器與消失的父親》全新譯本
Printed in Taiwan